"美少年侦探团"系列

带着贴画旅行的美少年

〔日〕**西尾维新** 著

〔日〕黄粉 插画

张静乔 译

人民文学出版社
PEOPLE'S LITERATURE PUBLISHING HOUSE

著作权合同登记号　图字 01-2023-3919

图书在版编目(CIP)数据

带着贴画旅行的美少年 /(日)西尾维新著；张静
乔译. —北京：人民文学出版社，2024
("美少年侦探团"系列)
ISBN 978-7-02-018649-5

Ⅰ.①带…　Ⅱ.①西…②张…　Ⅲ.①长篇小说-日
本-现代　Ⅳ.①I313.45

中国国家版本馆 CIP 数据核字(2024)第 084243 号

责任编辑　胡司棋　曹敬雅　任　柳
装帧设计　钱　珺

出版发行　人民文学出版社
社　　址　北京市朝内大街 166 号
邮　　编　100705

印　　刷　山东临沂新华印刷物流集团有限责任公司
经　　销　全国新华书店等

字　　数　95 千字
开　　本　787 毫米×1092 毫米　1/32
印　　张　6.375
版　　次　2024 年 5 月北京第 1 版
印　　次　2024 年 5 月第 1 次印刷

书　　号　978-7-02-018649-5
定　　价　39.00 元

如有印装质量问题，请与本社图书销售中心调换。电话：010－65233595

目录

美少年侦探团

瞳岛眉美

袋井满

指轮创作

美少年侦探团团规：

1．必须美丽

2．必须是少年

3．必须是侦探

带着贴画旅行的美少年

0. 前言

"所谓演讲，不在于具体说了些什么，由谁来说才是重点。"

这是犀利到毫无辩驳余地的名言——正所谓，无论说出多好的话，倘若说话的人是个不值得信赖的废物，这番话便完全没有说服力；反过来说，无论是多么没道理的说辞，若出自洁身自好的绅士之口，便能意外地被人所接受。这里若把"洁身自好的绅士"替换成"独裁恶党"，也无不妥。

或者替换成"美少年"也不存在问题。

只要是美少年所做之事，无论是什么都能够被谅解；只要是美少年所行之事，即便是视规定如无物的恶行都会变为深具含义的善行，对于近期反复经历类似事件的我来说，这简直是无上真理。

等一下。

这句名言到底是谁说的？

这番犀利到仿佛悟出了真理的言辞，到底是谁说的？这句名言到底有没有说服力，全都取决于此——"无论出自谁口，真理始终如一"这种话，我是不信的。

只是一个自说自话的悖论而已。

假如说话的人不值得信赖，这句名言也就跟着不值得信赖，即使对方所说的内容其实是正确的——既然正确，那么发言者应该也就应当值得信赖。

反过来说，若足够值得信赖（不得不信赖）的家伙发表了这句名言，无论听上去有多确定，名言内容本身的可信度也极其可疑——假定名言本身是正确的，但最后真的无论由谁来说都是正确的吗？

乱七八糟的一通胡扯，我连自己在说些什么都搞不清了，不过嘛，我不认为如我这般笨拙的叙述者会很多，所以大家大可直接无视这种问题。只要你不是像我一样的特殊视力拥有者，"无视"这种事还是能够轻易做到的。

话是这样说，我还是做不到草率地说话，仔细地调查了一番后，发现这句话似乎没有明确的出处——在太多场合，被太多人引用过。

这事本可暂且揭过，虽说用途千差万别，但基本而言，总不是会在极端糟糕的局面所使用的言论。

换言之，这就是"正确的废话""虽然没错，但由那家伙口中说出也没什么用"等态度消极、有放弃之意的话语——嗯，虽说是正确的言论，但因其正确就任其在世间横行，这个世界也是够让人郁闷的。

相比理性判断，这个世间更多涌动的是感性的议论。

当社会上行事基本以喜好优先时，这句名言就会被人拿出来各种教导——只要说得够多，"无论是什么样的意见，都会根据发言人的不同而产生不同含义"这句话就能够留下来，连我这种性格扭曲之人都能轻易接受。

那是当然的。

声音因人而异，听起来就是不一样。

"哈……还是老样子，噼里啪啦地说了那么多无聊的话出来。'根据发言人的不同而产生不同含义'？这种话不是比'不管谁来说都一样'更好吗？所以说，最近媒体的那帮家伙所采用的报导姿态，尽是介绍他人的意见啊——要我来说，想问的不是'话说你到底是谁'，而是'话说你到底在说什么'吧？"

哎呀呀，又被不良学生给嘲讽了——带着这样的想法转头一看，哎呀，我猜错了。

站在那边的人并非"美食小满"而是"美声长广"——与不良学生截然相反的优等生、指轮学园初中部三年连任的学生会会长、三年级 A 班的咲口长广。

对哦。

声音因人而异这种理论，在这位前辈的声带面前，无论换谁来说都是空洞之谈——毕竟他拥有，无论男女老幼，任何声音特质都能自在重现的美少年侦探团副团长的声带。

想必是为了将这个奇特的（以美少年侦探团的话来说就是"美德"）技能最大限度地展示，他才等不及选举，直接在入学仪式的讲台上一番演讲，以一年级新生的身份顺利拿下学生会会长的宝座的吧。

"我说，别说得我好像把自己的美声用在作恶上一样，眉美同学。我始终将诚实贯彻到底，并将自己希望让这所学园变得更好的心意坦率地告诉选民，如此而已。"

说了说了，用美声说了。

在把同在一所学校读书的学生称作"选民",就足以看出对方政治性的目的,但只要他用美丽的声音如此宣言,便宛如在说什么好事……然而,关于那个声音,老实说,到底是不是咲口前辈原本的声音,真相仍然不明。

不知何故,我总认为美少年侦探团中最神秘的成员当数沉默寡言的天才少年,然而只要一遍遍地仔细回想,就会发现或许能言善道的咲口前辈才是最让人看不出真意的那个人。

在有了团长的基础上,负责团体运营的实际上是身为副团长的人,这样一想,我果然还是加入了一个本不该加入的组织。

一不当心就加入了进来。

"你怎么了,眉美同学?"

被一般人问到"怎么了",我能想到的只有"是不是身体出了什么问题";而被前辈悦耳的声音这么一问,我条件反射般地只想回答"没什么"——这人的声音是不是带有催眠效果啊?

同时我还留意到,在此之前一直以"瞳岛同学"称呼我的咲口前辈，不知从何时起改称呼我为"眉美同学"——这表示，我已经是被美少年侦探团所认可的团员，在为这种事实而战栗的同时，我还对为此而欢喜不已的自己深感战栗。

没错。

并不是"一不当心就加入了进来"。

我是美少年侦探团的第六名成员。

第六名成员，"美观眉美"。

无论是谁，说出什么样的话来都无所谓——不是不当心加入，而是主动改变。

我发生了改变。

"这样啊，那就好。那我们重新开始上课吧。距离正式的比赛日期没几天喽？"

被如此一说，我这才回想起来。

现在的我，正在接受咲口前辈亲自函授的美声讲座。

地点并非美术室而是音乐室。

就我们两个。

虽说是这种连我自己都倍觉不可思议的状况，但若让占据校内大半人数的咲口前辈的粉丝（选民？）知晓这种情况，搞不好我会被当场杀害。在此我恳求留我一条小命，让我好好进行说明，这件事发生在即将说起的美丽事件的过程之中……

1. 座敷童子 [1]

你知道"座敷童子"这种妖怪吗?

被我这么一说,或许会给人一种自己买错了系列故事的感觉,但没问题,敬请安心。你正在阅读的,正是美少年系列。确认了是这种系列名称不怎么正经的小说,不知能否让你稍微心安,我不是什么研究妖魔鬼怪的专家;如果您了解的座敷童子的知识足以说上半年,那么我对其的了解不过是皮毛而已。

就是那个,能够带来幸运、寄居在家中的、孩童模样的妖怪,座敷童子在家期间,能给这个家带来富足;座敷童子一旦不在,据说那个家忽然就会毁灭——乍一看,就是那种"搞到最后,世上其实就是正负为零"的故事,感觉真是一种不讲道理的妖怪。

---

1 日本传说中的一种妖怪,住在家宅和仓库里,会以小孩的姿态出现在家中。

随意前来并随意带来幸福，随意离去又随意造成毁灭，到底想要干什么？虽说是寄居在家中的妖怪，而事实上被玩弄的，果然还是家主。

说起这妖怪的外表也很奇怪，外表像孩童，并且还给人一种"穿着和服的短发女童"印象，让人觉得不是那种会做坏事的妖怪，但做出来的事穷凶极恶。

嗯，要说现实方面的事，抽到大奖的人们在那之后，有些人会遭遇不幸——这种事往往会被包装成"妖怪干的坏事"的传说，作为某种教训流传后世，从这个层面来说，或许该是座敷童子感到人类不讲道理才对。

不要怪罪到人身上啊，不，或许对方想说的是"不要怪罪到妖怪身上啊"。有错的是无法做好金钱管理的人类——之所以挖掘到这种深度，是因为身为人类应该充分发挥思考与反思的能力；只不过，一开头就讨论座敷童子的传说，绝非我的本意。

此处只是单纯地想用美观眉美的方式，通过介绍"穿着和服的短发女童"这一表象，来讲述那种不讲道理的妖怪，或说受到不讲道理待遇的妖怪而已——在放学后。

我在前往美少年侦探团的大本营美术室的路上，座敷童子正迎面沿着走廊直直走来。

我不假思索地停下脚步，注视着她看到入迷。

虽说是美少年侦探团的一员，但遗憾的是，我的审美素养很难称得上出色——哪怕看到颇具价值的美术品，也会有立刻表示"那又怎样"的倾向。哪怕所有人都对某件作品崇拜不已，我也会动辄问出"这件作品的成本是多少钱"这种问题来。

承认美丽的东西真的美丽，自己的价值就会有所下降吗？如果真是这样，倒不如赶紧学会认识到，越是说没品的话，自己的价值就越是低下的事实。

是不是该学习美学了呢？

还是说，价值并不会下降到零以下呢？

以上是我这个初中二年级学生，罕见地以贬低自己、抬高对方的方式进行介绍，唐突这样一个角色真是非常不好意思，但对于朝我靠近的座敷童子，我纯粹地想着"好美"。

关于这点，我指的并不是外观。

我戴着眼镜，根本没有发挥出美观眉美的特殊能力。

因此，我看到的所谓"穿着和服的短发女童"，也只是一个与年龄相衬（大概七岁左右吧）、"好像很可爱的女孩"而已。

让人感觉美丽的，是对方的仪态。

对方行走时所洋溢出的高贵气质，让人很难想象她只是走在平淡无奇的学校走廊上。笔挺的脊背仿佛被从天井上垂下的丝线给吊住，明明穿着与和服相匹配的木屐走在混凝土走廊上，却没发出分毫的脚步声。

而我之所以不由自主地停下脚步，大概是对自己过于随意的走路方式感到羞耻吧。有句老话是这样说的："站如芍药，坐如牡丹，行如百合花"，原来如此啊，所谓"行如百合花"，指的就是那种走路的方式。

只见小百合花（化名）完全没在意我的眼神，只是"静默"地朝我这边走来。

为什么初中校舍里会有穿和服的女孩？嗯，其实身为女生却身穿男生制服的我也在校舍内部，所以就算此处有身穿和服的女童，也不值得大惊小怪；但人很容易在考虑事情的时候，忘记将自己考虑进去。

那孩子怎么回事？

莫非真的是座敷童子？

听闻那是一种寄居在家中的妖怪，难道也会寄居到学校来吗？既然如此，若让这孩子逃走就糟了。

若她走出校舍，历史悠久的指轮学园就将毁灭。

我就要流落街头了！

不，就算学校毁灭，我也不会就此流落街头。然而，就在这种白痴般的妄想在我脑中觉醒的当口，小百合花（化名）来到了我面前，我却毫无反应。

在别人擦身而过的时候是应该让路的，我却被她美丽的举止所震慑，身体无法动弹，搞得好像我在拦她的路一样。

虽说我没想要故意拦住座敷童子，但以结果而论，小百合花（化名）还是停下了脚步。

随即抬头看向我。

我之前曾表示过，对方属于"并非外观，而是仪态非常美丽"的类型，但在我们四目相对时，我还是发现她是一个五官精致到让人瞠目结舌的女孩，和她直直地对视，我更加动弹不得。

面对这般的我，小百合花（化名）张开小巧的嘴。

"滚开呀，穷鬼。想被轧死吗？"

她如此说道——咦？

她刚才都说了些什么？

"都叫你滚开了，想死吗？庶民有什么资格站在妾身[1]面前。"

看到她的身姿靠近却没有让路，和对方近距离对视，以至于一动不能动的人确实是我，而此刻绝非幻听，从她口中确实冒出了可谓过分粗暴的话语，这更使我彻底冻结。

不可能，人类在常温之下怎么可能被冻结……莫非这是一场化学革命？

诶？

虽说我无法像这孩子那般走路不出声，但就连站着都不行了？

没能"站如芍药"吗？

---

1 日语中的"妾"（わらわ）最早表示日本未元服（成年）的儿童的一种发型，由于日本古代武家女性和未束发的儿童的家庭地位是一样的，为了标榜一样的自我地位而采取了一致的自称口语，与"小妾"的指代不同。

话说，芍药到底是哪种植物？

"下界的贱民！一想到将来的社会处处都是这种人，就好想自杀。"

说着（不知是话语还是其他什么东西，总之完全听不懂了），小百合花（化名）就像避开污泥一般，悄无声息地从我的身侧穿过。

"你小子，我记住你的脸了。"

在离去的当口，朝我的背部投来一句恐怖至极的胁迫之语，小百合花（化名）随即离去——不，只是我猜想她大概是离开了。

因为过于害怕而没能回头，因此也没能确认小百合花（化名）是不是真的离开了校舍，不不，与其在这里回头去看，不如干脆让指轮学园毁灭算了——这是我此刻率直的想法。

站如芍药，坐如牡丹，行如百合花。

说出的话却如同蔷薇的棘刺。

2. 温柔的不良学生

"哦？怎么了眉美，怎么杵在这种地方？你这种性格阴暗的家伙跟竹筒一样杵在这里，还以为是不吉波普[1]来杀我了呢，想要吓人吗？"

用这种温柔的方式对我说话的是不良学生，他在前往美术室的途中，发现了呆立不动的我。

在遭遇到小百合花（化名）的毒舌攻击之后，我依旧僵硬地站在原地，此刻，好不容易才从束缚中解放出来。

"啊啊，不良学生！你的声音太让我高兴了！你居然把我比喻成死神！"

"你到底怎么了？发生了什么？"

面对打从心底表示感谢的我，不良学生满脸的讶异。

1　"不吉波普"（Boogiepop，ブギーポップ）为日本科幻作家上远野浩平的轻小说系列，主要讲述浮现于普通人体内、自称为 Boogiepop 的人格，与被称为"世界之敌"的异能者之间的战斗。Boogiepop 原意为"不気味な泡"，即"可怕的泡沫"，目前国内常见的译法为"不吉波普"。

"我问你干吗傻站在这里，你居然满面笑容高兴成这个样子？"

不不。

只是刚才险些连站立都做不到了。

别说傻站在这里了，那些话听得人想上吊，直到现在我都搞不清刚才的那一幕到底是不是真的发生过——即便不是座敷童子，也是撞上了某种妖怪。

"啊啊，看到不良学生这张穷凶极恶的脸，居然能让我这么安心。之前总吐槽你，我想为此道歉！"

"那就道歉啊。首先从刚才那句'穷凶极恶的脸'开始。"

还是一成不变的奇妙家伙啊，不良学生带着些许惊讶地如此表示，并轻轻推了推我。他不像天才少年那般极端地不爱说话，这种身体接触的意义大概可以解释成"好了，快到美术室去吧"，我也因此踏出了久违的一步。

不良学生。

这是我擅自称呼他的方式，正确说来他叫袋井满——指轮学园二年 A 班的袋井满。除我之外的指轮学园学生，都以陈旧的方式称呼他为"番长"[1]。

只要这位番长一出场，就能够凭一己之力与附近的中学保持力量方面的平衡——在指轮学园读书的女生们之所以能够安心地在放学后走夜路，可以说完全都是他对恶人瞪眼奏效的结果。正因如此，学园方面认为不良学生的不良行为是一种"必要之恶"，大致上采取默认态度。

话是这么说，那也只是不良学生的表象，其本质则是美少年侦探团的成员，"美食小满"。

嗯，无论表象还是本质，全都穷凶极恶但美丽到不像话（对了，希望你们不要忘记，我的审美素养并不高）。不过不良学生的美点不在此，他是因为罕见的厨艺被团长相中，因此才能够加入美少年侦探团。

由美术准备室改造而成的厨房交付给了他，才成就了"美食小满"——顺带一提，那间美术准备室，他至今还没让我看上一眼。

若偷偷窥探，绝对会被骂到够呛——不愧是番长，

1　日语中的"番长"有打架王、学生老大的意思。

就连领地意识都很强。

他没有"男子不得下厨房"这种观念，搞不好他其实是拥有进步主义思想的人。

不，应该不至于。

暂且不论他关于性别的思想究竟是怎样的，至少现在他轻松地推着我向前进，明明白白地表示了并没有把我当女生看待。无所谓了，即便没有穿男生制服，若我想要女生的待遇，我就根本不会加入美少年侦探团。

不知从何时起，不良学生对我的称呼也从"瞳岛"变成了"眉美"，这并不令我浮躁，反而挺舒服的。当然，无论我管他叫"不良学生"或其他什么，他都有不能抱怨的理由存在。

"啊，对了。"

我终于想起来了。

为什么我今天会在放学后直接前往美术室，个中缘由我终于想起来了。

到底是侦探团的成员，多少有一些自觉，但像我这种觉悟不够但自我意识过高的扭曲性格，几乎不存在直接前往美术室的情况——就算要去，也会大大迂回一圈，经过两三栋校舍，假装迷路然后才过去的情况居多。（我到底在搞些什么鬼？）

像今天这般走最短距离直接前往，算是个例外。结果就遭遇了跟谜之和服少女小百合花（化名）碰面这种本世纪最大的悲剧，果然还是应该更深刻认识到日常惯例的重要性。

不像样的事就不该去做。

应该遵循自己的行事风格，哪怕那是性格扭曲的行为……嗯，这个暂且不论。

"不良学生，你觉得咲口前辈今天会来吗？"

"啊，长广啊？谁知道。"

我怎么会知道……不良学生的回答很是冷淡。

那也是理所当然的，是我问错了人。

学生会会长咲口前辈跟番长不良学生，就好比水与油。俗话说"越是吵架，关系越好"，但这两个人的情况是越吵关系越恶化，就是这种毫无转折可言的坦率说法。

当我得知这两个水火不相容的人，在同学们（或说各自的粉丝？）不知晓的地方同属名叫"美少年侦探团"的团体时，简直吃惊到不行。

这仿佛让我窥探到了某种相互勾结的关系。

感觉就像是外人看来是死对头的两家企业，实际相互持有对方的股份……因此，在侦探团中看到他们两人关系不好，总觉得松了一口气。

在这种时候"松了一口气"也挺奇怪的。

"搞什么，找长广有什么事？啊，那家伙的出勤率一直都不高。这段时期学生会的工作忙翻了，缺席也是理所当然的。而且，学生会副会长的认真跟可怕不都是出了名的吗？"

这点确实很出名。

"认真"姑且不论，但说到"可怕"，哪怕是刚刚体验过极限恐怖的我，跟传说中的副会长面对面，还是会提心吊胆。总而言之，咲口前辈想要瞒过副会长的眼睛跑来美术室，也绝非易事。

顺带一提，出勤率最差的成员自不必说，当然就是我；而出勤率最高的，其实就是此刻使劲推着我往前走的不良学生（明明就是个不良少年啊）。

美腿同学作为田径队的一年级王牌，活动颇多，因此排名第四……天才少年过于沉默，让人搞不清他到底在还是不在，排名很难确定，姑且跟我们那位必须从小学部千里迢迢赶来、神出鬼没的团长一起排名第二吧。

"这样啊……对哦，咲口前辈忙得很……那我该怎么办啊？真没办法，该怎么办呢？我现在碰到的'那件事'该怎么办？"

"胡说八道些什么！要是真有烦恼也别找我商量。你不是一直都这么烦恼吗？给我安静点儿。"

不良学生如此温柔地说着……咦？应该是严厉地说着？我终于从小百合花（化名）带来的冲击中缓解过来，找回了从前的感觉。

没错，这个番长真是性格恶劣！

"话说，你一直对长广那家伙，采用'咲口前辈'这种保持距离的称谓啊。"

"咦？"

"不良学生、美腿同学，还有什么天才少年，你都给我们起了这么过分的绰号，为什么只对那家伙用正式称谓？算是霸凌吗？说到霸凌，其实被霸凌的是我们啊。"

我哪里有霸凌番长的才能。

更别说是学生会会长。

"不，不是的，因为咲口前辈是三年级的学生啊。再怎么说，也不能把前辈喊成'萝莉控'吧？"

"我又没让你这样喊他。"

当然也有家伙这样喊他就是了，不良学生带着惊讶的态度表示——"用这种方式喊他的家伙"，正是一年级的美腿同学。

他体魄强健，又对高年级学生缺乏敬意，可是对待我，他从一开始就使用"小瞳岛"这种过分亲昵的称谓。

现在变成了"小眉美"。

成员之中，最先用名字称呼我的好像就是美腿同学。难道说，这是除我以外的成员在某处一起开会商量决定好的吗？

既然如此，这场会议我也想参加（虽然不喜欢跟众人黏在一起，但被单独甩开也不喜欢）。

"才没有什么前辈后辈之分呢。美少年侦探团说到底，只是以团长为中心的团体活动，而其他人是平等的。不这样的话，我怎么可能跟长广那家伙共同行动？"

"嗯……"

还真是这样。

考虑到那位"团长"只是小学五年级的学生，我过于强调咲口的前辈身份，搞不好是一种扰乱组织纪律的行为。

不良学生嘴里说着"共同行动"，但要让他真的跟咲口前辈融洽相处的话，我不认为他能做到。

只不过，除我以外的成员面对咲口前辈时，说话真的不加敬语（沉默寡言的天才少年就不确定了）。

关于毫无违和感地直接被叫名字这件事，我还是挺开心的，但我只是考虑自己的情况，对方怎么想，则一点儿都没有考虑过（这是什么人啊）。

收获了全校学生支持的学生会会长，会因为我与他保持距离感一事而感到寂寞，这事哪怕天地颠覆都不可能发生，但被对方认定"真是个不懂事的家伙"也不算什么不可思议之事（我明明希望对方能够感觉我是个"当今少有的彬彬有礼的后辈"啊！），或许我也该做出改变才对。

呼。

我也能够考虑他人的心情了，真是成长了啊。

"这才不叫什么成长，该说是新生才对吧？"

"不要糟践别人的心灵啊。"

话虽有理，但"新生"这个词从不良学生口中说出，总感觉很怪异。

"你笑个什么劲啊。还是算了。所以说眉美，如果长广那家伙今天过来，你要有事找他商量，这是个改口的好机会。从今天起就叫他会长吧。"

"会长……这样一叫的话，轻视他的事不就暴露了？"

"基本来说，就是轻视啊。"

"你的脾气果然还是很好嘛……"在被番长赞扬个性的过程中，我们到达了美术室。在不良学生的催促下，不知为何，有事拜托咲口前辈的情况，被替换成了不得不重新考虑对那个人的称谓的问题（倒也没问多余的事），不过算了，前提条件是学生会会长真的在大本营的话。

我轻轻敲门，随即开门——刚要这样做，一旁的不良学生已经抢先帮我开门。

切，这个不良绅士。

他好像勉强记起了我其实是个女生。既然如此，还希望他别那么粗暴地从背后推我啊。出于礼貌，我依然伪装着淑女的样子，先行穿过开启的房门，进入美术室。

咲口前辈并不在美术室里。

室内处于无人状态，我们两个好像是最先到达的。

不，错了。

现在确实无人，但很明显先前已经有人来过了。至于原因，只因为到昨天为止还不存在于这里的某个物体，正靠放在墙边，出现在室内。

那是一块巨大的羽子板。

3. 贴画羽子板

应该说是这样。

随后到来的天才少年如此告知。

就在我跟不良学生面对一个和人差不多大小（比我要大，比不良学生要小）、意义不明的羽子板哑口无言的当口，天才少年、美腿同学以及团长陆续来到了美术室。本想着照这个流程，咲口前辈会不会也跟着进来，但人流就此终止。

学生会的业务果然很繁忙。

我不该对此抱有期待的。如果真有事找对方商量的话，只要拿起随身携带的手机（对保护眼睛很有好处的儿童专用手机），跟他约时间就行了。

然而，美术室内突如其来的羽子板的冲击性过于强大，因而我还没能反应过来。

羽子板。

此处应该没必要特意加以说明，但以防万一还是说一下吧：那是一种在正月里玩板羽球 [1] 的道具——万一这种说明还是让人听不懂的话，那么将其想象成以木板制作的网球拍或羽毛球拍，应该就相当接近了。

美食小满大概会将其解说成饭勺之类的东西吧。

总而言之，就是这么一个巨大的东西。

若真是饭勺的话，我曾在广岛县的土特产店之类的地方见过这种东西（电视上看到的），但很明显，有着长方形把手的这玩意就是一块羽子板。

并且，这块羽子板不光是一个"大"字能形容的。

立体凸出的羽子板。

其表面并非立体视觉绘画，而是绘画本身凸了出来——这种工艺好像被叫作"贴画"，以布或棉构成的"人形"，在长方形的羽子板上全面张贴开来。

虽说这些是天才少年告诉我的，但因为他极端沉默，所以称不上是直接告知——在接收到天才少年的表情之后，美少年侦探团的团长，即指轮学园小学部五年级 A

1　日本在正月间玩的传统游戏之一，传统游戏包括放风筝、抽陀螺、羽板球、丢沙包、百人一首等。

班的双头院学表示：

"哈哈哈！"

随即跟平常一样开始担当"嘴替"。

老实说，经过双头院的转述，情报的信赖度急速下跌（大致上是观察表情后得到的知识？）。在进入美术室的当口，他张口就来：

"哎呀眉美同学，哎呀小满，哎呀创作，哎呀飙太，哎呀长广！"

身为团长，跟先到的团员们打招呼确实是件好事，但竟然把跟人差不多高的羽子板错当成咲口前辈还打了招呼（从高度来说，确实差不多跟咲口前辈一样高），简直让人搞不懂他到底把眼前的状况囫囵理解到了什么程度。不过话又说回来，如果能给来路不明的羽子板取一个恰如其分的名字，多少会让人有安心感。

多少是有一些吧。

之所以这样说，是因为张贴在羽子板上的"人形"贴画有问题——虽说不知道实际上的贴画羽子板到底是个什么模样，但这块羽子板上的贴画，几乎可以说是怪物。

若以好莱坞特效来说，就是"啊……现在这种都会用CG来制作了吧"这种造型的生物，被贴在了羽子板上。

普通的贴画羽子板上，都会贴歌舞伎演员或年轻女性之类的贴画，但我们面前的，简直就是封印了魔物的羽子板。只要看一眼，就会让人急得团团转——坦白说，在进入美术室看见这块羽子板的瞬间，我甚至惊呼出声，而后一把抱住了不良学生。

真是没用！

被无情地一把推开这事得保密。

"这不是创作所创作的新艺术品吗？"

美腿同学如此说道——顺带一提，此刻全员已经移动到了沙发的位置，搭配美食小满泡的茶和为大家所准备的茶点，大家沉浸在茶会的氛围之中。

最初，大家围绕着谜之羽子板，你一言我一语地争论不休，但最后觉得没什么危险性，不必紧急处理，便围着桌子一起坐了下来。

关于危险性的判断，则用到了我的眼睛。

我甚至摘下了眼镜，连"内部"都仔细确认了一遍。

老实说，我并不想裸眼看这种令人毛骨悚然的东西。

"搞不好是敌对组织送来的炸弹！"

就因为团长煞有介事地说了这种引发骚动的话，我才不得不摘下眼镜加以确认——结果完全没有危险。

虽说这个羽子板很是奇怪，但就材料而言，都是些正经的东西——羽子板本体是一块木材，怪兽的材料是布和棉，以报纸和纸板构成的人形表面涂抹的颜料也没有什么可疑之处。

既然如此，先这样放着也没问题，大家暂且歇上一歇。对待这件可疑物品，感觉我们的态度多少有些过分悠哉了。

"既然不是十万火急之事，就让长广也见识一下好了。"

以上是团长的结论。

全员个性分明，却仍不忘团体行动，这才叫美少年侦探团。身为其中一员，我也同一团长的这一结论。当然，要说完全不想看学生会会长在一无所知的情况下进入美术室，随即大吃一惊的模样，那我肯定是在撒谎。

顺带一提，不良学生泡的是经过了调制，能够让人平静下来的风味花草茶——美腿同学一副放松的模样，横躺在沙发上。

我从没见过他端端正正坐在沙发上的样子。他一般都是吊着腿坐，以炫耀自己的那双美腿。

不愧是哪怕进入大降温的年末，都穿着经过改造的短裤版制服的人，只不过，今天他去过田径队，现在似乎很疲惫，因而并没有倒坐而改为横卧。

更过分的是，他还把双腿随意搭在了我的膝盖上。

把腿搭在腿上这种形式的膝枕还是头一次体会。

田径队的一年级王牌、美少年侦探团的体力劳动担当、与天使般的外貌截然相反的体力王者、一年级 A 班的足利飙太（注……与天使般的外貌截然相反的可不仅仅是体力）——对于这样的一个人所提出的质问，天才少年并没有答复。

这是一种近乎无视的恶劣回应方式，但他的表情似乎起了微微的变化，团长则开口：

"好像不记得有这回事。"

他代替天才少年回答道。

分明连头都没摇一下，到底从哪儿判断出是否定的意思啊——难道是用心灵感应之类的方式做到意念相通的吗？

　　嗯，这也不是立刻就能解开的谜题（若太过认真思考"以心传心"这种问题也显得很蠢），关于那块羽子板是美少年侦探团的美术担当美术创作，即指轮创作的作品这一猜测，我甚至有过一瞬间的接纳，因而对于这个否定回复有些沮丧。

　　不过这也难怪。

　　作为指轮学园母公司指轮财团的继承人，他拥有与其出身截然相反的艺术家的一面，他充分发挥自己的才能，将原本空空如也的美术室装饰到了这种程度。

　　这间教室中大半的雕刻、绘画、陶器，据说都是他的作品，就连天花板上装饰的星空也是他挥动画笔的作品。

　　因此，"贴画羽子板也是他的新作"这种猜想，我本来也能想到的，只不过这番推理也有一点儿瑕疵。

　　这块羽子板与美术室的主题不相符。

　　羽子板光是摆放在这里，都释放出一种异样的存在感——地板上铺设着长绒毛地毯，奢华的桌子配上软绵绵的沙发，抬头可见天花板上悬挂的巨大吊灯，甚至还有带顶棚的床，自不必多说，这间美术室的装潢走的是西洋风格。因此，代表了"和风"的羽子板与此空间的风格完全不相配。

这总不能说是"和洋合璧"吧。

就连在"外行人"这方面完全不落人后的我都能感觉出其中的违和感，身为美术担当的天才少年自然不可能感受不到。因此，无论团长传达的可信度如何，这块贴画羽子板并非天才少年的作品，这点毋庸置疑。

那到底是谁？问题变成了这个。

到底是谁制作了这种东西？

不，极端点儿说，无论是谁做的或许都无所谓。首先应该思考的，是到底是谁把这块羽子板搬进美术室的。

两个疑问看似相似，实际上意义全然不同。

至于原因，那是因为美少年侦探团的活动未能得到学校方面的正式认可，完全是不合规的——其实升入初中的时候，很多学生都听说过这个组织，但仅限于学生之间严肃认真的窃窃私语的程度，连具体的成员构成都不被外人所知。

知晓这个组织存在的仅限委托人，不过，这是一个要求委托人恪守保密义务的组织，因而相关情报完全不曾泄露——应该是这样没错。

不论是对已经停止使用的美术室进行非法改造还是美少年侦探团相关事宜都不被外人所知——应该是这样没错。

不过，从某人入侵美术室的行迹来看，可以说是发生了不该发生的严重事态。

但美术室摆放着满满一屋子的昂贵家具却没有上锁，从这层意义来说，只要想进来，谁都进得来。

也可以说，这是防范意识低下所招致的事端……但东西非但没被偷，反而还多了出来，使得事态更严重了。

嗯，若论起被随意占据的美术室遭遇不法入侵，我们是否有发怒的权利？总感觉完全没有。

"哈哈哈，这不对哦，眉美同学。我们前些日子不是已经取得这间教室的正式使用权了吗？如今这间美术室正是合规的美少年侦探团的事务所。"

仿佛为了让我安心，团长妄自尊大地如此放言。

一点儿都没法让人安心嘛！

在此之前，团长确实从最后使用这间美术室的前美术老师永久井声子手中，浑水摸鱼般地取得了这间教室的使用许可（参见《天花板上的美少年》），不过怎么说呢，几乎是因为情绪问题而辞去指轮学园教职的永久井老师，说到底也只是个外部人士，无论有没有她的许可，从结果来看，美少年侦探团擅自占用学园设施的状况完全没有任何变化——若曝光给学园方面，无论番长、学生会会长还是体育王牌，将要遭受多严厉的斥责，我连想都不敢想。

因为身为指轮财团继承人（要参与经营管理）的天才少年也在其中，所以不成问题，但在这种场合之下应该行不通——或许还会导致事态进一步恶化。指轮财团绝非铁板一块，搞不好这种丑闻还会被利用，最坏的情况是导致其下台。

更何况，没有任何"表面背景"的我搞不好会遭受退学处分，甚至可能还会被刑事立案——虽说占据美术室并违规改造基本与我无关，但如今坐在沙发上、围在桌边惬意地享受花草茶的现状，就让我连辩解都没得辩。

而那个身为主犯的团长，双头院呢……

双头院同学是小学五年级学生，嗯，应该受到相应程度的责备就过去了吧……

负责人不会被问责，实在是不公平。

然而，责任暂且不论，说这个事态直接关系到美少年侦探团的存续问题，一点儿也不夸张，事实确实如此。

既然如此，为了回避责任，不对，是回避团体解散的危机，必须尽快找出将这块巨大的羽子板放到美术室的始作俑者，否则就算面对承认我们为"继承者"的永久井老师，都会感到万分抱歉的……嗯？

"等一下，如果不是天才少年的话，那么这块羽子板，有没有可能也是永久井老师的作品？"

"这不可能，小眉美。"

我刚提出这个自认为很有可能性的想法，就遭到了美腿同学的否决。

这孩子，把自己的小腿搭在别人大腿上的同时，居然还能毫不在意地全盘否定他人的想法……

"你仔细想想啊，正如你刚才说的，永久井老师已经离开这所学园了，甚至人都不在日本本岛上了。她到底是怎么把那种可疑的东西摆进美术室来的？"

唔。

他说得没错。

永久井老师不光是普通的离职人员，而且是做了很多离经叛道的事情后才离开指轮学园的，说白了，她几乎处于要张贴通缉令的状态。

之前她是来过学园一次，但那是相隔多少年后的造访啊……并且她很快就离去了。

嗯，没错，现在的她正身处孤岛，从事艺术活动……根本不可能再度造访指轮学园这个昔日职场，更遑论弄出这种恶作剧了。

这样想来，虽说前次在这间美术室的天花板上发现的数十张绘画都是永久井老师的作品，但以此来判断这块羽子板也是她的作品，或许当真有些草率——尽管那些绘画也是相当奇妙的一批作品，但那都是永久井老师数年来的"遗忘物品"，恰巧被我们发现了而已。

而这次的状况则是，就算讨厌也不得不看到昨天之前绝对不存在于室内的羽子板的出现——即便谈不上什么"不可能状况"，但状况本身也算得上是不可思议。

永久井老师现在也有自己的活动，不可能冒着风险来管我们。

更严谨地说，尽管没有证据能够将"羽子板是永久井老师的作品"的可能性给完全消除，但她将这东西搬进美术室的可能性能够被消除。

嗯……

既然如此，到底是谁？

是谁，为了什么目的，才做了这种事？

"是不是那个家伙？那个欺诈师。"

不良学生找出了其他的嫌疑人。

世上存在众多欺诈师，但此处所说的欺诈师，则是专指私立发饰中学的学生会会长札规诿——只要说明是跟美少年侦探团为竞争关系的"流氓美人队"，就足够了。

"假如那家被捣毁的赌场东山再起了，会不会跑来搞报复行为？是不是这样？"

"喂喂，小满，没有证据就乱怀疑人可不好。"

团长责备道（明明只是小学五年级学生），但所谓侦探的工作，就是怀疑并找出证据，因此这话尚欠缺说服力。

嗯，跟与美少年侦探团有一面之交的永久井老师不同，怀疑跟美少年侦探团目前还有着千丝万缕的联系的札规，或许这才是更现实的做法。

那么，这算是"强迫欺诈"[1]吗？

无论我们是否中意这块羽子板，是否决定买下来并装饰在美术室内，都会让我们付钱？

不会吧……

既然札规身处与美少年侦探团对立的立场，这个推理倒是值得探讨；但假定是他的罪行，好处跟回报都实在太少了——除了是欺诈师，札规更是一个商业人士。

对于做过在深夜的学校体育馆中开设赌场这种事的初中二年级学生而言，强迫欺诈这种行为的格局未免太小了。

更何况，这件事完全不好玩。

除了是欺诈师，在成为商业人士之前，札规还是个花花公子——相当看重趣味性。

"哈，你好像还挺了解那种形迹可疑的家伙嘛。"

---

1 本意为"强迫交易罪"，指以暴力、威胁手段强买强卖商品，强迫他人提供服务或者强迫他人接受服务等情节严重的行为。此处保留原文"欺诈"字眼。

"啊，不是啦，不良学生。所谓'知己知彼，百战不殆'嘛。你嫉妒了？"

"谁嫉妒了？你未免'知己知彼'得过头了。"

好辛辣。

只不过，被"流氓美人队"挖过墙脚的我所说的话确实有一定说服力，美腿同学也表示：

"好像确实是这样。"

如此出言表达同意。

"先不管是不是强迫欺诈，虽然向敌方阵营赠送东西这种过分大胆的伎俩，确实像是那个花花公子所为，但为何在这种时候送羽子板这种玩意，真搞不懂。叫人摸不着头脑的戏要是没有意义的。"

"确实如此……"

虽说我动不动就把注意力集中在贴画上的怪兽上面，但即便那只是一块没有贴画的扁平羽子板，也让人感觉意义不明。

不，正因为有怪兽图案，才让人勉强感觉到隐藏信息的存在；而事实上让人感觉不对劲的，或许是羽子板的部分才对。

然而……

"都在说些什么呢？各位。这不都明明白白的嘛。"

团长如此说道。

明白？

"马上就要到正月了哦。"

还是老样子，这位团长可真是笨蛋。

这事不应该一笑置之吧？

目前是十二月，正月就快到了——但因此就要把羽子板立在美术室里，也未免太过武断了点儿……

"原来如此，因为是正月啊。"

虽说不确定是否跟我一样觉得荒唐，但身为有着"团长所说的话都是绝对正确的"这条与团规分开定制的不成文规则的美少年侦探团的成员，不良学生仍旧这般随声附和。

"之后会有另一块羽子板，以及毽子这类东西接二连三地送过来吧。不这样的话根本玩不了羽板球。"

"毽子"大概会变成羽板球……而且能够适配这块羽子板大小的羽板球，大概会有保龄球那么大吧。

感觉并不是什么有趣的事情。

一想到"没趣"这点，札规的嫌疑就愈发小了。

难道说，美少年侦探团还有其他敌对势力？

"'二十人'组织呢？会不会是丽干的？"

美腿同学这样说道，但这种可能性完全可以被当场驳回。相比永久井老师或札规，更加不可能。

毕竟丽所率领的二十人可是货真价实的凶残犯罪集团——身为专业人士，别说美术室，就连银行的金库室他们都能轻而易举地将羽子板搬进去，但他们才不是那种充满娱乐精神的组织。

如果是装有窃听器、炸弹之类的羽子板，可能是他们所为……但我已亲眼确认过这类东西不存在了。

"搞什么，弄到最后，什么都没搞清楚，有可能的嫌疑犯一个都没有！这样讨论下去，也讨论不出个什么来，既然如此，就交给长广去调查吧。"

不良学生抱着既像破罐破摔、又像自暴自弃的消极态度如此说道，只不过，召开这种会议的时候咲口前辈却不在，果然还是不够牢靠。

在美少年侦探团这个组织里，咲口前辈也算不上是什么正经人，但至少，在不那么古怪的推理和正儿八经的调查领域，没有那个人似乎就无法行动。

作为不那么古怪的推理和正儿八经的调查的第一人的团长，都不得不同意这个观点。

"唔，确实如此，不带长广的讨论大概也只能到此为止。"

他说着还点了点头。

"那么，现在就进入下一个话题吧。寒假快到了，我正打算举办美少年侦探团的冬季合宿……"

推进得未免太快了。

话说，羽子板神不知鬼不觉地被带进美术室这个"事件"，没怎么触动团长的心弦吧。

也就是说……

对于这个"事件"，双头院同学并不认为是美丽的。

美少年侦探团与普通侦探团截然不同——美少年侦探团只对美丽的事件和美丽的谜题感兴趣。

当然，是否美丽全都出自主观判断。举例来说，那个困扰了我十年之久、让我无计可施的难题 [1]，就被双头

1　指《美少年侦探团：只为你而闪亮的黑暗星》中的事件。

院同学判定为"很美"。

老实说我很意外，同时也并不理解。虽然到现在都没有完全认同，但对于这种坚定不移、无比坚信自己感觉的团长，我还是必须抱有憧憬的。

所以我才会加入美少年侦探团，并像现在这般坐在席位上。

美学之学。

从双头院学的审美观中，我学会了如何使用自己的眼睛。只不过，对于事件和谜题过于挑剔倒也罢了，哪怕令侦探团陷入危机也要追求美学，总感觉有些过了。

当然，我不觉得这是能够束之高阁的事件……但就算交给咲口前辈去调查，也不是能够立刻查明真相的。

至少来说，若能找到目击者，就能省不少事，但这间被美少年侦探团当作根据地使用的美术室，基本上没有师生会靠近。

学院从教学计划中废除了美术课，这栋校舍虽说没被鬼城化，也一半变成了幽灵大厦，从犯人的角度来看，是非常有利于犯罪的舞台设定——就是这样，喂。

"啪"的一声，我拍了下自己的头。

对哦。

说什么"若能找到目击者就好了"。

本人，美观眉美不就是目击者吗？

既然想到了幽灵，那么联想到怪兽和魔物也毫不奇怪——妖怪。

就在今日，我在造访美术室的路上，跟妖怪擦肩而过——妖怪跟前来美术室的我擦肩而过。

那个座敷童子，莫非就是刚从美术室出来的？

4. 川池湖泷

　　硬要找借口的话，我之所以未能把在走廊中遇到的长得像座敷童子的小百合花（化名），与美术室中突然出现的巨大贴画羽子板联系到一起去考虑，绝对不是因为我迟钝的直觉。

　　任何人都联想不到。

　　至于原因，自然是因为关于座敷童子的记忆跟对方那些暴虐至极的台词是成套搭配的。在我无意识之中，为了守护自己纤细而敏感的心灵，哪怕就此将那段记忆封印起来，也绝非值得责怪之事。

　　说不值得责怪就是不值得责怪。

　　不过和风的贴画羽子板，与和风氛围的和服座敷童子，确实很适配。

　　那孩子就是犯人？

　　那孩子就是将可疑物品带进美术室的可疑分子？

　　嗯，她在学园的走廊中"美丽的"走路姿态也很诡异，就算她不是把贴画羽子板放进美术室的犯人，肯定也是可疑分子……

这事恐怕不是我一人能够承受得了的。身为美少年侦探团的一员，我有义务汇报情报。

"冬季合宿？那是啥玩意，团长？要窝在某处的暴风雪山庄里吗？这是打算让我来做一日三餐？这得花多大工夫啊，我可不是什么专属厨师！"

"毕竟是寒假，如果必须参加社团活动的话，还希望能够调整一下天数啊。还有，虽然已经有了心理建设，但能不能不要选寒冷的地方？要是起鸡皮疙瘩的话，我这双美腿就全毁了。"

"哈哈哈，没有问题，关于这些方面，长广都会仔细安排好的！"

"这也要交给长广负责啊？那样的话，为了进一步增加那家伙的工作量，能不能再提些要求？机会难得，干脆就去能够买到当季食材的地方吧。"

会议进入了下一个议题并平稳地推进了下去，我差点儿就不假思索地加入到"不，我才不会参加什么冬季合宿呢？""我可不是什么专属厨师哦！""我多少也是有一些身为田径队一年级王牌的自觉的""至少在合宿期间穿个长裤总行吧？""不良学生，一听说都交给咲口前辈负责你就变得兴致勃勃，干劲十足地准备做一日三餐了哦"这种讨论之中，不由得使劲忍住。

千万不能被这帮美少年毫无危机意识的态度同化——正因为这些人都是美少年，人生到目前为止才能够随心所欲地无论遇到什么样的危机都对"嗯，船到桥头自然直"的想法坚信不疑，真是一群可悲的生物。

我必须保护好他们！

接下去，就要尽可能地摧毁冬季合宿的提案——我不去是理所当然的，但也不愿看到他们把我撇下自己去。

因此，虽说无法判断究竟谁才是真犯人，但至少，相比永久井老师、札规或丽，更有可能性的嫌疑人就是小百合花（化名），我必须把这个事实公诸于众——但这实际上绝非易事。

不，我并不是在害怕会打断会议的流程。不懂得如何察言观色反倒是我的强项。

让我犹豫不决的，是那个座敷童子根本毫无现实感可言——在学校走廊中目击到座敷童子什么的，完全欠缺真实性。

　　到底是什么样的灵异少女啊。

　　眼前的贴画羽子板，无论是多么的不现实，但只要大家看到，就能明白；然而，看到那个座敷童子的人却只有我。

　　在那之后追上我的不良学生也没看到那孩子——那个座敷童子，唯有我看到过。

　　正是这件事，让我有些沉重。

　　我的人生中，曾有难以言喻的十个年头，追寻唯有我能够看见的星星——自己看见的东西却无人相信，孤立的十年。

　　这种孤立，全都源自老天赐给我独有的特殊视力，而不是该责备不愿相信我的他们或她们的问题，虽然深知这个道理，但过去的十年仍然说不上快乐。

　　独自在屋顶上持续眺望星空的十年。

　　那是一段艰辛的日子，我至今时不时还能梦见。

　　因此，要将自己看到座敷童子一事和盘托出，确实需要一定的勇气。

　　那是什么鬼？

你没看错吧?

若遭到这样的反应,真的很可怕。想到这些,就被一股"我真的还要说这些吗"的激烈自我厌恶所支配。

然而,这些欠缺危机意识的美少年根本不会做出这种反应,对此我明明就很清楚。

那我到底在对抗什么东西啊?

这种事到底要想到什么时候?

我的性格阴暗又糟糕,但若因此将其他人都想成这样那就太奇怪了——更何况,这群愉快的家伙在听说"只有我看到的星星"的那些话之后,不是毫不怀疑地全盘接受了吗?

真美丽。

甚至还被这样评论——既然如此,如果我说我看到走路姿势都那般美丽的小百合花(化名)的事,也会被接受吧。

面对"巨大的贴画羽子板的出现"这种谜题,大家似乎都没怎么被吸引到;但或许正因为欠缺真实性,他们对座敷童子,或者说这个出现在走廊里的座敷童子可能会产生兴趣。

"那个……能听我说一下吗?"

我举起手来。

为冬季合宿的地点、日程以及菜单而展开热烈讨论的四人（当然，天才少年的意见由团长代言，实际说话的只有三人）被我打断。

"怎么怎么，眉美同学。如果你对冬季合宿有什么希望，尽管说出来。敬请安心，眉美同学双亲的许可，由身为团长的我去要!"

不要啦。

真的不要啦。

女儿因为天体观测而白白断送了十年光阴，现在又穿上男装去上初中，这种现实，对我父母来说就已经够够的了，再来个妄自尊大的小学五年级学生，我的家庭当真会崩溃。

为了击溃冬季合宿的提案（这到底是什么动机啊），我表示:

"不是这事，我要说的是关于那块羽子板的事。"

如此修正轨道。

话题转回来，赶紧转回来。

"哎呀哎呀，怎么了，还要说这件事啊？你太纠结啦。"

你实在纠结过头了啊。

哪怕羽子板中被安装了炸弹，他们都会用一句"一点儿都不美丽，无所谓了"给打发掉，半点儿都不纠结。

"搞什么，眉美，从刚才起就欲言又止。在合宿地，我就特别解除上次烧烤以来的禁令，让你帮忙做料理好了。我还会教你做年菜的方法哦。"

你明白了个头啊，这又是什么样的妥协。

竟然还有做年菜的心情？

连修学旅行都懒得去的不良学生这样那样地说着，虽说他为何想要参加合宿还是个谜，但我并没有就此把话题岔开。

"座敷童子。"

我如此说道。

"在来这里的途中，我看到了座敷童子——说不定那孩子就是把这种令人毛骨悚然的羽子板带进美术室的犯人。"

只要说出口，就是三言两语的事，我到底要绕多少弯路，到底在犹豫个什么劲，又到底是有多纠结，其实只要说出来也就这样了。

来吧，心情愉快的美少年们！

向我展示你们莫大的信赖！

四人一齐以沉默回复我。

咦？真的假的？冷场模式？

对于天才少年来说算是常态，但不良学生跟美腿同学，而且就连团长双头院都这样？

难道他们认为，我觉得光是"视力很好"作为美点太弱，因而开始捏造"能够看见幽灵和妖怪"这种全新的人设？

不不，求你们了啊。

这可事关一名女初中生是否还能信赖人类，至少事关我能否再信任美少年哦！

"对，是这样。迈着非常美丽步伐的座敷童子哦。很美很美，真的很美！"

总之，我反复强调着"美丽"。

可是这非但没能把他们的兴趣勾起来，气氛反倒像退潮一般，四人的沉默更上一层楼。

四周的氛围，就好像我这个神经大条的人触碰到了什么不能触碰的禁忌一样，这又是怎么回事？我到底做了些什么？

"啊，那个小百合花……啊，说是小百合花，但那只是我给那孩子随意起的名字，当然，她不可能真的是妖怪，绝对是人类的孩子，但因为穿着感觉像是七五三[1]和服，看起来不像是人类，而且还没有脚步声……不，大概有的。再怎么说，'没有脚步声'这种怪谈般的事绝对不可能……"

我语无伦次，甚至想把将记忆扭曲到缓和程度的发言给取消掉，而他们几个都把嘴唇抿成"一"字型，完全没有反应——不，至少还是有反应的？

"眉美，那家伙……"

不知我的愿望是不是实现了，不良学生慎重其事地捂着嘴，朝我这边看来。

---

1 "七五三"是日本特有的一个节祭日，隶属神道教的习俗。新生儿出生后三十天至一百天内需要到神社参拜保护神，在男女孩三岁、男孩五岁、女孩七岁的年份，则于11月15日再去神社参拜，感谢神祇保佑之恩，并为儿童的健康成长而祈福。去参拜时，孩子们多数会穿上和服。

太棒了!

以后不再是不良学生,该称他为"善良同学"了!

"那家伙有没有用'穷鬼''庶民''愚民''社会底层'之类的词称呼你?"

"咦,那个……"

我还没说到这件事,老实说,也不打算说这件事。这种事,从自己的口中说出来,恐怕会招致可怕的骂声。

我本打算适当地遮掩一下的,但为什么不良学生能够完全猜中这些话?

"'穷鬼'和'庶民'是说过了……'愚民'和'社会底层'倒是没有。还被说过另外一个词……因为实在太可怕了,就被我的记忆给删除了……"

"'下界的贱民',对吧?"

美腿同学说道。

那是一种像美腿同学这般向来轻浮的人不可能发出的严肃声音。上一次听到他这种声调,还是我擅自去密会敌对势力札规的时候,所以说情况很严重。

情况似乎确实如此。

为什么? 他们怎么会知道?

我是穷鬼、庶民，还是下界的贱民这种事，他们到底是怎么知道的？

"肯定会被说成这样的吧。不过话说，你应该是在一个娇生惯养的、安逸温暖的家庭中被养大的吧？"

"你、你是在安慰我吗？善良同学！"

"谁是善良同学啊。"

他好像不喜欢被这么称呼。

开始我没理解他话里的弦外之音，仔细听过之后，才发现其实并没有安慰的意思。

竟然被说"娇生惯养"。

总而言之……

"不良学生和美腿同学都认识小百合花（化名）吗？"

我如此追问。

他们当然不可能从旁观视角看到我被责骂的样子……既然如此，很自然就能联想到，他们早就熟知了以那种风格谩骂他人的座敷童子。

这样一来，在听闻我的目击证词之时，他们沉思默考的意味也随之一变——那种沉默，莫非代表的是对于看到比座敷童子还要厉害的、只要看上一眼就会被诅咒的类似妖怪的人的同情？

确实像被诅咒到了就是了……

"那才不是什么小百合花（化名）。"

最终……

双头院君双腕交抱，挂着一脸晦涩的表情如此说道。虽然这样说有些不妥，但这是我迄今为止所见过的双头院同学最像侦探的动作。

"那孩子名叫川池湖泷，是长广的未婚妻。她不是妖怪，称之为恶魔更加合适。"

"恶……恶魔……？"

甚至超过了妖怪？

团长保持着冷硬派的面容，朝羽子板看去——羽子板上张贴着的恶魔的身姿。

随后……

"眉美同学，你被可怕的怪物盯上了。"

他如此说道。

5. 绝秘任务（使唤）

　　美少年侦探团的各位，最显著的特点就是活泼开朗，他们毫无危机意识的行为，常常令人担心。但竟然有一个人，能够让这样一个乐天派团体的成员光是意识到其存在就变得心情低落，这事本身就够惊人的了，并且那人还是之前被提及过好多次的咲口前辈的未婚妻，这一事实使我备受冲击。

　　不，不对劲。

　　到目前为止，只要提到那位未婚妻，大家不都聊得很开心吗？

　　对张口闭口地强调"都是家长擅自决定的未婚妻"的咲口前辈，大家都"萝莉控、萝莉控"的说他，很愉快地欺负着他啊。

　　在这种氛围之下，我很容易认为那个未婚妻有着大和抚子[1]般的形象，将其想象成了可爱的小女生，然而掀

1　日本文化的一个形容词，并非人名，指性格文静矜持、温柔体贴并具有高尚美德气质的日本女性。

开盖头一看，那种人根本就像被妖怪附体了一样——并且不是妖怪，而是恶魔。

本以为世上再也没有比萝莉控更恐怖的恶魔了，但万万没想到小学一年级的学生竟然才是恶魔……

嗯，光从外表来看，身穿和服的形象和不出声的走路姿态，还有点儿符合我对她的想象，但她劈头盖脸地朝我丢过来的那些话，完全颠覆了我先前对她的印象，让我无法将两者联系在一起思考。"穷鬼""庶民"什么的，若没有这些刺耳的话语，在看到她优雅举止的时候我就应该能想到：既然是从美术室的方向过来的，说不定她就是传说中咲口前辈的未婚妻？这样一来，出现在美术室的羽子板或许也就能够直接与她联系到一起了。

那些话的威力果然十分强悍。

"美声对毒舌，这可说不上是什么好的组合。"

不良学生耸耸肩膀如此说道，但如果能就此接受也就不必这么辛苦了——话说，大家都已经认识她了吗？

这或许就是现场空气沉滞的原因？

在此之前，之所以把身为初中生却已有未婚妻的咲口前辈说得那么难听，莫非是因为不把那孩子当成笑话来说就根本过不下去吗？若真如此，未免也太过贴切了。

"嗯。在小眉美人团之前，发生过许多事。"

美腿同学在沙发上一个灵活转身，变成了趴卧的姿态。

"具体情况发生在夏季合宿的时候。"

"夏季合宿？"

暑假期间发生过什么事？

话说回来，他们正在计划中的合宿是寒假的活动，那这算是惯例活动啦！

这样一来，就更加难以拒绝了……

"不，严格说来，夏季合宿没能成行。被恶魔搞到被迫中断了。"

不良学生一脸沉痛地说着，双头院则"哎呀呀"地直摇头，表情有几分无奈。

这也是理所当然的。

能够把言出必行的团长所制定的计划逼到中断的地步，此事非同小可。

到底发生了些什么？

我是十月加入美少年侦探团的，对于之前的事情基本都不了解——甚至连美少年侦探团成立的经过都不知情。

"对哦，到底发生了什么，应该听始作俑者来说，果然没有长广，话就谈不下去了。"

说着，双头院仰起了脸。

"眉美同学，不好意思，能麻烦你跑腿吗？"

"咦？啊？嗯，没问题。"

"麻烦你跑一趟学生会办公室，把长广叫过来。就算他还在工作，差不多也快要结束了。"

呜啊！

对于自己稀里糊涂条件反射般应下来的事，我简直后悔到不行。对我这种不认真的学生而言，学生会办公室跟国会议事厅没两样，都是难以接近的地方。

"跑一趟"这种差事，不应该是"美腿飙太"的任务吗？我可是很老实的，并不想抢别人的工作。本想这般委婉地将任务推给美腿同学，但这个计划还没到嘴边就被我撤回了。

对于论及"不认真"，连我都望尘莫及的美腿同学来说，他顾虑的并不是学生会办公室的门槛之高，而是更加现实层面的问题。

像如今这样，众人围在桌前一起度过茶会时光，对我来说已经习惯了，并没有感受到任何的违和感；但其实，咲口前辈、不良学生、美腿同学和天才少年这四个人，在美术室之外的场所完全没有交情。

甚至，咲口前辈跟不良学生的立场还是完全对立的。

为了不暴露美少年侦探团的活动，在美术室之外必须留意不能有任何的交集；为了维持学园内的均衡并不让势力平衡崩塌，必须保持距离；还有，虽说有各种各样的理由，但在双头院不在的地方，比起通常关系并没那么好的这四个人，能够去学生会办公室并跟以学生会会长身份活动的咲口前辈打招呼的，除了我这个不会受到任何注目礼的无名之辈，成员中再无其他人选。

一想到咲口前辈正在学生会办公室里忙着处理工作，最好还是不要胡乱给他打电话或发邮件为好，万一学生会会长的智能手机画面上一不小心出现了"美食小满"之类的名称，明天就能成为学园中的重大新闻（咲口前辈的手机里到底给不良学生备注了什么名称就不得而知了）。

该怎么说呢。

在这个集结了指轮学园初中部头部明星的组织之中，只能由我来做的工作出乎意料的多呢……

说是工作，其实嘛，好像只是低端的杂务而已。

"不是正好吗？你不是说过有事要拜托长广。"

"咦？我说过吗？"

不良学生的话让我不禁为之一愣，然后恍然大悟：啊，没错，我是说过。

刚才发生的一切如怒涛一般令我头晕目眩，最初的目的都被我抛诸脑后了——没错，今天我本来是因为有事要拜托咲口前辈，才会立刻造访美术室的。

结果完全没能实现。

为了见咲口前辈而来，结果没想到美术室中只有咲口前辈不在，这与我的意愿完全不符，并且，我还要说一句利己主义的话：拜托咲口前辈的事完全是私事，我不想让其他成员听到。

既然如此，就在从学生会办公室回来的路上迅速拜托咲口前辈吧。

"好吧，那我就跑一趟。美腿同学，能把你的美腿从我的膝盖上挪开吗?"

"真没想到你会这么说。一直以为你很高兴呢。"

美腿同学似乎恢复了状态,边说着边弯起自己的那双美腿。

"跑一趟是没问题,不过也别太自信了。将那块羽子板带进来的犯人,还不一定就是川池湖泷呢。"

"那种事无所谓了吧?光是那种恶魔在校内出没,对于长广来说就是重大事件啦。"

对我们来说也是如此。

美腿同学如此补充。

6. 指轮学园初中部学生会执行部

　　幸运的是，正如不良学生所料，咲口前辈果然在学生会办公室里——并且最幸运的是，其他管理人员统统不在。假如那个传闻中很恐怖的副会长在场，我打算竭力装出一副乖乖女的模样，如今不必这样做让我打从心底松了口气。

　　"哎呀，眉美同学，真是稀客。美术室发生了什么事吗？"

　　咲口前辈坐在学生会办公室最内侧的办公桌前，似乎在做撰写文章的工作，他注意到在即将放学的时间点来访的我，于是立刻停下手边的工作，如此询问道。

　　反应这么快，真帮了我的大忙。

　　光是听到他的声音就感觉治愈。

　　治愈到甚至让我想要在一旁的躺椅上躺倒。我猛然想起自己的使命：对了，我是带着任务来学生会办公室的。

我根本不是来感受什么治愈的。

还有，学生会办公室的躺椅相比美术室的，靠垫实在差劲，勉强让我打消了这个念头。

"年末果然很忙碌啊，咲口前辈。"

"是啊，特别是制定合唱比赛的节目单，意外地是个难题……曲目顺序让人很纠结。不过目前也大致解决了，所以其他人都先回家去了，我本打算在告一段落之后就去美术室的。"

"这样啊，那我等你。"

虽然团长吩咐"带他回来"，但我不能妨碍差一口气就能结束工作的学生会会长。

我还是具备常识的。

"请您继续工作。"

"这样啊。那我就一鼓作气完成工作，请你找个喜欢的地方随便坐，等我五分钟左右就好。"

"好，那我就不客气了。"

感觉像变成了商务对话一样，我在就近的旋转椅上坐下——这应该不是副会长的椅子吧。

仔细想来，我所熟知的仅是身为美少年侦探团成员的咲口前辈，虽说也知晓他在美少年侦探团之外的身份，但像现在这般身处学生会办公室，看着作为学生会会长工作的咲口前辈，感觉很新鲜。

跟身在美术室的时候不同，此刻他的长发完全散开……投入工作的那股氛围，将一个能干男人的侧脸彻底展现。

在美少年侦探团中，以"美声长广"的名头行动的咲口前辈，不论他的声音优美与否，他都是一个普通但优秀的初中三年级学生吧？

如此可靠的前辈，光是用"萝莉控"来称呼他就等同将他看扁了一层，我不得不如此认真地反省。

一边思忖，一边观察着咲口前辈以肉眼跟不上的速度积极处理工作的模样，我终于弄懂了为什么他在美术室的时候总是一副轻松的样子。

表面和内在。

头发散开的时候和束起来的时候。

也说不上哪个才是真实的咲口前辈，不过嘛，美少年侦探团解放性质的活动，说不定也是学生会会长恢复精力的一种方式呢。

等会儿在美术室，咲口前辈将要一边品尝不良学生沏的红茶，一边听我们讲述座敷童子的怪谈。一想到这里，我就感觉心情沉重。

虽然想着应该先把个人的私事解决掉，但我做不到。我还是对咲口前辈跟小百合花（化名）——错了，是川池湖泷的关系比较感兴趣。

兴趣非常浓烈。

暑假期间到底发生过什么，让成员们对她的评判糟糕透顶，就连那个总能找出人们的美点的双头院都以"恶魔"来称呼她，咲口前辈又是怎么想的？

或许只有这种有能力的男人，才会被那种恶女迷住。或者说，只有在咲口前辈面前，她才会装得跟只可爱的小猫咪一样？

"怎么了，眉美同学？你那样盯着我看，会让我有点儿不好意思的。特别是你这双眼睛……"

"啊，对不起。没事的，我戴着眼镜呢，看不到裸体之类的。"

"我没为那种事而担心，但你果然是能看到的啊，只要摘掉眼镜的话。"

"不是不是，我才不是那种会偷看男人裸体的恶劣混蛋。"

"你难道不恶劣吗？我是指性格。"

暴露了。

不，若过分使用这双眼睛会导致失明，正因我有着跟身经百战的拳击手相似的处境，才不敢过分开玩笑。

但若说我一次都没滥用过这种能力，那肯定是骗人的！

嗯，不管被什么样的眼睛所注视，只要被注视了就无法正常工作，咲口前辈还是展现出了能干的男人身为普通人的部分，我也因此移开视线，继续思考……虽说将她形容为"恶女"，但正如不良学生所说，纵然她是最有嫌疑的人，但也不能就此将她定为本次事件的犯人；正如美腿同学所说，单凭她在走廊中出现这一点，她是不是犯人已经不重要了，这事完全变成了另外的事件（并且还产生了我这个受害者）；然而，将错位的焦点重新摆回原点来看，假设川池湖泷真是将贴画羽子板带入美术室的犯人，也不影响这件事本身的奇妙。

无论这事是谁做的，行为本身都十分不可思议——

只要大家（包括我在内的大家）一想到她，就不想要继续讨论，但冷静下来再想想，即便事实上的嫌疑人增加了一名，状况本身也没发生什么特别的变化。

既然团长做出了暂缓侦探活动的决定，我也就不能擅自继续推理，无论考虑多少次都能得出意外的结论，更何况美少年侦探团的基准是集体行动，川池湖泷那种与我截然不同的"恶劣"性格，跟将羽子板带入美术室的"恶劣"行为，总觉得两者之间不匹配。

说是恶劣，更像是奇怪的行为。

假如美术室遭到了破坏还好说……并且，假如她就是犯人的话，有一点是无论如何都说不清楚的，并且这点不能不加以留意。

咲口前辈会对这点进行说明吗……

"让你久等了，眉美同学。出了什么事？小满挑战了新菜品的制作？"

一丝不苟地收拾完毕，咲口前辈站起身来。虽然我并不是真心想要说，但在咲口前辈设想了那么棒的可能性之后，立刻跟他说恶魔的话题，我有些于心不忍，真是不得已。

我把现状按照顺序作出了说明。

越是想要说明，就越感觉到莫名其妙（老实说，到底发生了什么？），但不愧是美少年侦探团中的知性派，美声长广即咲口前辈，不但擅长说话，同时也十分擅长倾听。

不，因为这里是学生会办公室，他身为倾听普通学生陈情的有能力的学生会会长，当然应将倾听的面貌给贯彻到底——所以我才会莫名地紧张。

原来如此。

离开美少年侦探团这个团体，相比不良学生或美腿同学，比任何人都跟学生会会长接触要少的人，其实就是我。

光凭他有一个小学一年级的未婚妻并且还是"萝莉控"这一点，就足以让我把这位前辈看扁，但这点好像也越来越奇怪了……给他起外号是不可能的，我也做不出对前辈不加敬语的事来，除了不良学生。

一般来说，咲口前辈也是按照自己的风格来行事的，这也是一个问题点。从一方面来说，我可能会被认为只是一个失礼的后辈。虽说我确实是个"失礼的后辈"，但我并不打算以失礼的后辈作为自己的人设。

"原来如此，是这么回事啊。"

听我说完，咲口前辈安静地点了点头。

咦？反应意外平淡嘛。

在美术室中提及座敷童子时，所有人都更加露骨地表现出低落的心情（就连双头院都那样！），但咲口前辈与其说是心情低落，更像是冷静地处理预想之中事情的态度。我倒也并不是非要看到他慌乱的模样，但反应这么冷淡，会让我对自己的说话技巧失去信心。

"我的未婚妻给你惹麻烦了，眉美同学。虽说是家长擅自决定的未婚妻，但要是能以更加正式的形式进行介绍就好了。"

"啊……"

哪怕是"更加正式的形式"，我也不希望认识那种孩子啊。

"请你安心。我想她应该说了很多无心之语，但她并不是在充分理解了这些话语的意义的情况下使用这些话语的。她只是个不懂事的孩子，觉得这些强烈的词汇很有趣才会挂在嘴边，并且享受着周围的人动摇的样子……不是这样的吗？"

"啊？这算是什么样的性格？"

"我来解释一下吧。就像刚才所说，这次肯定是湖泷所做。关于她的意图，我想我大概能猜到。"

真的假的？

对于未婚妻的行为，身为未婚夫能够了如指掌吗？假如当真如此，"优等生被恶女迷住"的猜测就有几分真实了。

"总之，先到美术室去吧？"

不顾我的疑惑，咲口前辈如此提议。确实如此，关于那块羽子板的说明，大家都要听到才行。

如果是不良学生、美腿同学和天才少年来找咲口前辈的话，应该不得不错开时间返回美术室；但我跟咲口前辈就算一起前往，也不会发生任何问题。

好可悲的"不会发生任何问题"。

若我身穿普通女生的制服，搞不好还会被议论"跟美丽的会长同行的女孩是谁"；但此刻，我看起来不过是个男生而已。

"啊，对了，咲口前辈。"

来到走廊中，我补充了一句——该怎么说呢，虽然不是什么紧急的事，但身为传话人，既然想起来了，就不得不传话。

"现在大家应该在讨论冬季合宿的事。我想咲口前辈应该有学生会方面的工作安排……"

"不，只要进入寒假，学生会就几乎进入休业状态。总的来说，比较忙碌的人应该是飙太和创作吧——不过他们也能想出解决办法的。毕竟合宿是大家的愿望，或者说是要一雪前耻吗？"

"暑假的时候，曾举行过一次团体合宿对吧？然后……那个……因为小百合花（化名）而被迫中止了……"

离开学生会办公室后，为了以防万一，我压低了声音，并控制着自己不要提到具体的名字。咲口前辈也不多话，只是"嗯嗯"地点头。

"不光是这一件事，在眉美同学入团前，发生过许多事，我还以为已经告一段落了呢。只不过，我们并不是完全没有料想到这种事。"

咲口前辈说的话，似乎就是"我从一开始就看穿了

事件的真相"的意思，在这种场合，不见得是虚荣或虚
张声势吧。

关于"嫌疑人"川池湖泷的人品，未婚夫（家长擅
自决定的）已经全盘掌握。只不过，相比我浅薄的预想，
咲口前辈的担忧更为具体。

"在接受眉美同学入团之后，我还在担心她会不会采
取什么行动呢。因为……"

咲口前辈继续说道：

"因为她，指轮学园小学部一年级 A 班的川池湖泷，
曾被团长直接驳回了加入美少年侦探团的申请。"

具体名字被提到的时候，那些压低声音在我耳边窃
窃私语的情报，并没能顺利地进入我的脑中。

7. 合唱比赛

对于身处学生会办公室、以学生会会长的身份工作的咲口前辈而言，他的叙述，或说是他的美声，有一个致命的弱点。

说是"弱点"，其实有些夸张，只不过，但凡听到他治愈的声音，无论话语中暗示了多么危险的信息，都会让人感觉像是听到了愉快的赞美之词，从而引发认知失调——总之就是不能顺利接收正确的信息。

因成员们欠缺危机感而忧心的我，面对川池湖泷曾经申请加入美少年侦探团并被驳回这种情报，应该更加警惕才对。

我申请入团时，双头院表示"来者不拒"的态度爽快到让人扫兴，而他却拒绝了川池湖泷入团，这对我而言，万分重要。

当然，对于能够操控多种声音的咲口前辈来说，将重要的情报以重要的方式传达出来想必十分容易，而值得感谢的是，他没有故意威胁我——托他的福，我才能够将座敷童子和羽子板的事暂且搁置。

暂且搁置那事之后，我才终于能够开口，将本是放学后主要课题的个人问题，即拜托咲口前辈之事，在返回美术室的途中说出来，虽然这里不是说这种事的场合。

"那，那个……咲口前辈。突然说这种事或许会让你吃惊……但我已经没办法再忍下去了。这事非咲口前辈不可。你能倾听我的心情吗……"

咦？

怎么搞得跟告白一样？

向来对女性很温柔的咲口前辈，面容有点儿僵硬？

"不对不对！咲口前辈确实英俊，但完全不是我中意的类型！"

"怎么搞得我像是被甩掉了一样。"

我被温柔的声音如此吐槽。

唔，我未免太不擅长拜托他人了。

再来一次。

"希望咲口前辈能够指导我。这个，要说专业领域……就是跟声音有关的。"

"跟声音有关？"

"那个，就是咲口前辈之前还在做准备的，年末的合唱比赛……"

合唱比赛。

指轮学园的年末例行之事。

嗯，不管哪所中学应该都会举办这类符合初中生身份的活动吧，但在指轮学园，与第二学期[1]的结业式同时举行的这场活动，在风格上略有不同。

与其说是与结业式合并，更应该说是跟圣诞节合并举办——从前唱的大概是赞美诗，如今变成了不同的班级会挑选各自喜爱的合唱曲目的形式。

之前一个劲地在讲美少年侦探团的事，但基本是一些不得公开的小插曲；而我日常生活的轴心，其实是围绕着二年级 B 班的教室。

即便这些事不如表面那般伟大，但美少年侦探团的活动绝非瞳岛眉美的全部——而我现在所烦恼的，正属

---

1 日本采用三学期制，每年 4 月—7 月为第一学期，9 月—12 月底为第二学期，1 月中旬—2 月末为第三学期。

于日常生活的范畴。

"哈哈，莫非是因为选曲的事，跟班上同学起了冲突？如果是这样，处理已经结束了，我无能为力。"

喂喂，太严格了。

声音温柔到让人感受不到这份严厉，但果然还是很严格。

事关学生会，哪怕是美少年侦探团的成员都得不到通融（虽说团长大概是个例外，但他是咲口前辈的权限涉及不到的小学部的学生）。

不过，我想要拜托咲口前辈的，并非对全班同学要唱的歌曲有所不满因而希望变更曲目，说到底，在少数服从多数的表决时，趴在自己的位置上睡得很香的我，根本没有资格对选曲的事评头论足。

问题出在声部划分上。

当然，既然是混声合唱，自然要男女分开，女生担任女高音或女低音，男生则担当男高音或男低音；而在司会进行中的时候，委员长和副委员长突然如此提问："瞳岛同学怎么办？"

真是多管闲事。

　　我身为女生的一员，当然不是担任女高音就是女低音，但好心的同学们为我着想地表示"平常都会穿男生制服的瞳岛，其实想要担任男高音或男低音对吧"。

　　都给我停一下，就算我穿了男生的制服，也完全不想唱男生部分的歌啊。我刚想这么说……

　　确实想要这么说的，但我为何要穿男生制服来上学这事，从一开始就没跟同学和班主任进行过任何的说明，现在冷不丁地冒出这种局面，搞得我无法顺利应对。

　　如何解释说明我要女扮男装，并得到大家的理解，这事是有些难的——无论如何说明，都不得不触及美少年侦探团的存在（实际存在）。

　　"学生会会长咲口前辈、指轮财团的公子哥指轮创作、田径队的王牌足利飙太、表面是番长实际上兴趣是做菜的袋井满，以及小学五年级的双头院学，为了加入由这五位美少年所构成的团队，所以我也必须伴装成美少年！"

　　这怎么说得出口。

　　这样一说，就连不良学生隐藏的兴趣都会受到牵连而暴露——正因如此，就在我不知如何是好地犹豫来犹豫去的时候，班里的讨论不停推进，最终我被分配到了男低音的声部。

声音高亢的我，去年的合唱比赛还普普通通地唱着女高音的我，最终被定下去唱低音中的低音。

我要混在一群乱七八糟的男生中唱歌了——已成既定事实。

"就是这样，咲口前辈，能请您教我改变声音的方法吗？只要不带违和感地用低音唱出一首歌就好。"

"什么叫'就是这样'啊？"

听完我的一番话，咲口前辈像是说"哎呀呀"般地耸了耸肩。

"只要拜托委员长和副委员长，把你调回女高音声部不就行了。为什么要在这种地方努力？"

言外之意是"你明明就是个怠惰的人"——嗯，我就是个怠惰的人。

"每个人都不得不在不同环境之中竭尽全力地努力哦，咲口前辈。"

"虽然说得好听，但你只是随大流而已吧？"

实在太严厉了。

要我作出说明，试图让对方理解这件事虽然困难，但面对咲口前辈还是能够明确作出答复的。

"你看，在解释的过程中，侦探团的存在不小心就会泄露出来的。"

"话是没错，但你如果不就此将自己的意思表达清楚，今后不就会让你去使用男生的更衣室和洗手间了吗？"

还是趁早表明自己的立场比较好，咲口前辈说着触及现实的问题。他说得很有道理，但对于目前的我最为关键的，是渡过紧急事态的难关。

我才不要看到全班同学失望的脸！虽然这话是鬼扯就是了。

"伤脑筋。我确实很擅长使用音色，但这并不代表我同时擅长教导别人。既然如此，你去拜托'他'如何？搞不好他有什么能够变声的秘密武器。"

唔。

所谓的"他"，指的是发饰中学的学生会会长札规谎——之前我把指轮学园的学生会会长撇在一边，擅自向札规求助的事，莫非咲口前辈到现在还对此心存芥蒂吗？

我明明为了那事道过歉了！

不……并没有道歉。

嗯，无所谓了。你就好好睁大眼，见证无论从哪方面来看都是个干练的最高年级学生的咲口前辈，那份能够让人感觉出嫉妒的可爱一面吧，唯有美观眉美能够做到这点。

"不不，札规完全靠不住。除了咲口前辈，我没有其他人能拜托了。"

尽管对自己为达目的而不择手段的垃圾的一面倍感厌烦，但仔细一看，就见咲口前辈满脸讶异。

"好吧，我答应。"

他边说边点头。

"湖泷的所作所为给眉美同学造成了困扰，那么作为补偿——我就把改变声音的歌唱技巧传授给你吧。但有一个条件。"

哦……哦？

我连"啊，被拒绝了"的思想准备都做好了，结果却出乎意料的顺利，可正当我因为得到了声乐训练的承诺而手足无措之际，突然又冒出了附加条件，我几乎被此惊涛骇浪淹没。

条件？

他是不是说过"无条件"？

"为什么这都能听错？我发音没问题，也没说什么会让人听错的话。"

对方直截了当地说出如此爽快的话语。

他对自己的声音到底是有多自信？

"唔……我明白了。条件我接受。咲口前辈的愿望就由我来实现吧。"

"说得好像是什么痛苦的决定似的。你怎么就不能在教室里发挥这种厚脸皮精神呢。"

我也不清楚啊。

话说，"条件"到底是什么？

身为人生幸福美满的学生会会长，我不认为他会有什么必须拿出来做交换条件的事，肯定是考虑到无条件的请求对我没有好处吧。

既然如此，他应该不会提出什么大不了的条件……会是什么呢？难道是"希望你以绰号称呼我"之类的吗？关于这件事，确实由咲口前辈开口比较合适……对我来说，除了许愿跟实现愿望，没有其他方法。

我的人生之中是否能够拥有这样的如愿以偿？当然，这种如愿以偿，在我的人生之中不曾有过。

我的所作所为并非决断，而是疏忽。

美声长广声乐训练的交换条件，如下所示：

"眉美同学，这也算是一种缘分，能不能请你跟湖泷做朋友？那孩子没有朋友。"

啥？

要说朋友，明明我也没有啊？

8. 六名团员全员集合

不知咲口前辈内心到底是怎么想的，才会认为我跟那个座敷童子之间能够建立起友谊（如果他的想法是"性格恶劣的人们能够简单地建立起友谊"的话，那可以说，优秀的学生会会长轻率地做出了错误判断。性格恶劣的人只能跟性格良好的人成为朋友），但在如此追问之前，我跟咲口前辈已经到达了美术室。

"那么，之后我们再通过手机详谈吧。"

咲口前辈打断了话题（以终止谈话的方式施加压力，或许他真的对札规那事心存芥蒂），进入美术室。我不过离开了几十分钟而已，桌上就已经摆好了晚餐。

那都是不良厨师认真工作的结果。

哎呀呀，这样一来，又有必要跟父母作解释了，我边想边食欲满满地朝众人的方向走去，咲口前辈却折向有羽子板的那边。

因为事先向他说明了情况，所以非常遗憾没能看到酷酷的会长大人惊愕的反应（就算没有提前说明，大概也是看不到的吧），但他那副频频窥视羽子板上张贴的怪物的模样，还是蛮值得一看的。

"怎样？长广。不对，长广萝莉控。你觉得这是湖泷的作品吗？"

已从疲劳中恢复，躺在沙发上，摆出毫不令人惊讶的姿势的美腿同学，向咲口前辈发问。

"'不对'的前后称呼颠倒了哦，飙太。"

"啊，抱歉抱歉。怎样？长广萝莉控，不对，长广。"

虽说我觉得两个称呼前后颠倒也没有太大的意义变化，但咲口前辈还是"嗯嗯"地点了点头。

"应该错不了。还是老样子，完全搞不懂她想要做什么——这只怪兽大概是她自己的心象风景[1]吧。"

咲口前辈边对未婚妻做出良好的评价，边来到餐桌边。

"抱歉团长，我来迟了。因为私事给大家造成了麻

1　心象風景（しんしょうふうけい），指非现实的，在某人心中描绘、浮现、铭刻的风景。

烦，真是非常抱歉。"

"说什么呢，无所谓的。我们之间不存在什么私事。这种紧急事态，大家就应该一起应对不是吗？"

双头院说话的态度总是那么儒雅大方（早知道这点，我找团长商量合唱比赛的事就好了。这样一来，说不定咲口前辈也就不会提出那种不讲理的条件），即便如此，这句话让人再度认识到，此事态对于美少年侦探团而言，可谓"火急火燎"。

那些并非杀人事件、诱拐事件的凶恶刑事犯罪，而是解开谜题种类的推理被称作"日常之谜"，但就巨大的羽子板而言，虽说是归在日常的大类之中，实际可以被划入非日常小分类里——咲口前辈的保证也未必是绝对的，但若真是小学一年级的女生制作了那玩意，我认为那值得一聊（仅就此事而言）。

虽说因为平常见识天才少年创作的机会有所增加，导致我的眼界变高，对创作能力这方面的感觉已经彻底变模糊了，但假如我作出"这种恐怖物体到底是什么""这块奇妙的羽子板到底是什么意思"之类的评价之后，又被要求"那你自己做做看啊"，那我也是束手无策的。

难度简直跟让我制作一台电视机差不多，都不知该从何下手，只不过……

正因如此，我才隐约地对此抱有疑问……

"怎么了，眉美？在凉掉之前赶快吃。"

"啊，好的。我开动了。"

被不良学生一说，我赶紧吃饭——今日的菜单是天妇罗。哪怕在几个月之前，我都想不到能在学校中吃到天妇罗，搞不好不良学生被羽子板所散发出的和式氛围所吸引，从而改变了菜单。

这件作品就是如此具有影响力。

我不由得有了一个想法。

虽然那并不是一个能够彻底解决我所有疑问的想法。

"说不定小百合花（化名）……不对，是湖泷，说不定她真的很想加入美少年侦探团，才把这块羽子板当作简历的替代品放在了这里？"

虽说作品的意图本身令人难以理解，但犯人为何要将这玩意放在美术室里，同样令人倍感不可思议。然而，考虑到犯人曾经想要加入美少年侦探团这一点，或许也能够推导出这样的解答。

该说是某种强买强卖吗……

"这种看法还真是温柔啊，眉美同学。"

咲口前辈这样说道，言外之意流露出否定的意味——顺带一提，其中也不是感觉不出"能够做出如此温柔看法的你，真的很适合和她当朋友"的意思，但关于此事，我还没有作出承诺。

就算我没有朋友，也不是什么人都能随便拉来做朋友的——对方大概也会说出相同的话。

为了侦探活动而向札规求助一事，真的让他这么不爽吗？

哎呀呀，从来没想过自己还会有得罪了人又遭报复的时候。

"我也觉得这不可能。跟萝莉控意见一致是很不爽，但在那样子的决裂之后，那孩子应该不会再想要加入美少年侦探团了……如果说是宣战书的话还能够接受。"

宣战书。

就像决斗时投出手套那样，发布宣战书的时候往对手的活动据点送一块巨大的羽子板，到底是哪里的风俗啊……

不对，说到送来羽子板，确实有点儿……

"嗯，在我们都不在的时候把这玩意搁在这里，不管她抱着什么样的意图，非常遗憾，我们都无法做到无视。在这里放了这么巨大的东西，我们就不得不采取措施。"

身为副团长，咲口前辈果然对主持会议很有自信，已经开始麻利地阐述对今后的展望了。

也可以说是压根没有展望吧。

"虽说是可疑物品但并非危险物品，眉美同学可以对此做出保证是吧？如此，既然无法简单把这东西处理掉，就暂且在此放置一晚吧……嗯，我认为让本人带回去是最好的，这是理所当然的处理方式。虽说我知道团长未必希望这样，但让当事人承认罪行，并在此基础上承担责任才是最恰当的。"

"我不认为那个难驯的恶魔会乖乖听话。"

不良学生如此表示。

所谓"难驯的恶魔"，应该是"难以驯服的烈马"和"恶魔"合体的原创词汇吧——虽说语感不好，但说得很妙。

"没问题的，小满。关于这点，我有个绝妙的方案。"

咲口前辈如此保证。

至于那个绝妙的方案，总感觉跟我有所关联——希望我跟那孩子做朋友，莫非是想让恶魔的目标从组织转向个人？

假如当真如此，那就让人无法忍受了，我赶紧朝默默进餐的天才少年发送求救的眼神。

当然，还是被无视了。

求助错对象了！

"对啊，这次的交涉也只能交给长广来做了。虽说不得不让你面对为数不多对你的美声免疫的人，但还是拜托你了。"

双头院对咲口前辈如此说着，然后依次将其他成员看了一遍，继续说道："作为代价该怎么说呢……"

"我们是不是该考虑考虑其他的事情。奇怪的点刚才长广也说过了，这块并不易处理的羽子板，那个恶魔到底是怎么带进这间美术室的——如果不弄清楚这点，今后天知道还会有什么东西在什么时间点被带进来。那才是真正的危险。"

9. 不可能犯罪（性）

不管对方被称作妖怪还是恶魔，反正都是自己人——就算事实并非如此，既然熟人作案这条线如此之明显，事关美少年侦探团存续危机的微妙感觉，已经在事件中变得淡薄。

假如川池湖泷真是犯人的话，从她曾给美少年侦探团带来狂风暴雨的"前科"来看，她知晓美少年侦探团使用美术室作为事务所。嗯，硬要说有问题的话，还是有将美少年侦探团实际存在一事泄露给其他人的可能。

从这层意义来看，尽管此事带有危机已被灭杀的错觉，却正如双头院同学所言：危险人物能够携带危险物品自由进出的环境，绝对称不上有安全保障。

即便不存在侦探团解散的危机，至少也存在侦探团被破坏的危机。

只不过，真的很意外。

双头院竟然能够注意到"假如小百合花（化名）是

犯人，她是怎样将羽子板带进美术室"的疑点，真的很让人意外。虽说我也有相同的疑惑，但因为把她当作嫌疑人进行了报告（打小报告）的人正是我，因此不好意思再把这点说出来……并且，当恶魔的存在被公诸于世的时候，那些琐碎的细节我以为就无所谓了。

"唔，才不是什么'无所谓了'呢——因为这个疑问与美少年侦探团的第三条团规直接产生关联。"

美少年侦探团团规，其三。

必须是侦探——是吗？

嗯，"这种矛盾什么的大致上不重要"的态度，完全谈不上"像个侦探"（在这种场合之下，想象中的"像个侦探"）。

只不过，在中途突然将兴趣转移到冬季合宿的可是团长啊……啊，错了，在那个时间点，还不存在疑点。

即便不清楚动机（即使这个动机对美少年侦探团有害），把人类大小的羽子板（不管那是什么羽子板）带进美术室这事本身，小学一年级的孩子是绝对做不出来的。

就我在走廊中见到的、躯体宛如座敷童子的女孩——她本人所穿的和服看上去都比她体重要重，这样的女孩绝对没办法把那种羽子板搬进美术室的。

至少对我而言，我无法立刻推测出搬运羽子板的方法。

说得更明白点儿，哪怕我先前就留意到这点，还是不会把在走廊下跟我擦肩而过的她当作嫌疑人。

"是吗？我倒不觉得有多不可思议……不就是使用了推车或其他什么东西吗？"

"不良学生，你还能说出这种没心没肺的话来？"

"别说这种话，你看扁我的心都藏不住了。"

"才没用什么推车，校舍内都是楼梯啊。就算解决了楼梯的问题又把羽子板搬进美术室，小百合花（化名）在回程中也必须推着推车走。要搬运那么大的物品，推车也应该相对很大吧？总不见得把那种东西放在美术室或美术室旁边就直接回去了。但跟我擦肩而过的时候，座敷童子可是两手空空的。这又怎么说？"

"为什么在别人推理失败的时候要表现得那么易怒啊？难道你跟川池湖泷在性格方面基本一致？"

别这样。

怎么连不良学生都说出这种话啊！

咲口前辈还听着呢。

"拜托什么人搬过来的……这不可能吧。"

美腿同学如此表示。

虽然对方是后辈，但我当然不可能连美腿同学都看扁（只是稍微有点儿想要看扁他而已），他的推理，我洗耳恭听。

"就算有这种可能性，但以恶魔的性格来说，也不可能去拜托他人。而且，小学部的学生进入初中部校舍要冒风险，如果人数过多，会增加被发现的风险，从心理角度去想也不可能。"

是不是应该朝着将羽子板的尺寸缩小的方向去考虑问题呢？美腿同学所言与其说像推理，更像是犯罪侧写。

这似乎是建立在跟小恶魔见过面的立场才能做出的预测，因此我很难判断其正确性；而作为小学部的学生、每天都在近距离体验出入初中部的危机的双头院，对他的推理频频颔首。

即便不是这样，身为未婚夫的咲口前辈都称之为"没有朋友"的川池湖泷，为了这种"恶作剧"而招募协助者，根本难以想象……虽说也不是不能设想，她或许委托了"二十人"组织或流氓美人队这种组织，但总而言之，还是应该从个人犯罪的方面去考虑问题。

"那么，有没有可能小百合花（化名）根本不是犯人？在美术室旁边出现确实很怪，但我没看到那孩子带东西进来……"

"不，犯人应该就是她没错的。"

咲口前辈严厉地如此断言。

"首先正如刚才所说，那块羽子板肯定是湖泷的作品。"

对哦。

因为咲口前辈提出的无理"条件"，现在的我多少有些讨厌他，因而对他的意见也不怎么重视，但他既然都这样说了，那么将羽子板带进美术室的犯人，基本就确定是川池湖泷了——所以现在不得不面对的谜题有两个。

① 湖泷为什么要做这种事？

② 湖泷到底是怎么做到的？

"嗯……推理用语怎么说来着……你来讲，不良学生！"

"你凭什么点名？别在自己困惑的时候把问题甩给我。"

"呜……"

不光是看扁他，就连依赖他的心思都没藏住。这可真够丢人的。

"'Whydunit'和'Howdunit'，对吧？"[1]

咲口前辈回答道。

真希望他在回答问题的时候能够举手，但主持会议的不是我而是咲口前辈，我也就不能抱怨了。

顺带一提，"Whydunit"即"动机为何？"；"Howdunit"即"如何犯案？"——关于"Whydunit"，咲口前辈会去了解，这里就遵照团长的意见，暂且放任不管了……

问题在于她是怎么做到的。

"确实，如果不把这点弄清楚，搞不好恶魔会否认自己的罪行。"

美腿同学关于"恶魔会否认自己的罪行"的说法虽然有趣，但也没什么好笑的。

在计划冬季合宿的时候更是如此——大家都不在的

---

1 推理用语，常见的三种分别是 Whodunit（who done it 的缩写，即"凶手是谁"）、Whydunit（why done it 的缩写，即"动机为何"）、Howdunit（how done it 的缩写，即"如何犯案"）。

时候，美术室更是门户大开，根本搞不清对方会把什么东西带进来，这样一来根本无法随意出门旅行。

"对哦，碰到这种情况，有必要留下一个人进行值守。有没有合适的人选呢……对了，比如像我这样为了大家而无私奉献的人……啊，不是有我在嘛！"

"哈哈哈，你就安心吧，眉美。我们绝对不会撇下你孤零零一个人的！我们会给这件事画上完美的句号，然后一起出门旅行！"

意见完全不一致啊。

嗯，不过再仔细想想，在我独自留守的时候，如果小百合花（化名）造访美术室，那也不是我处理得了的……

"总结一下，关于动机，就由长广跟恶魔本人进行接触了解；假如恶魔就是犯人的话可能发生什么奇怪的事这点，就由我来考虑？啊，我突然想到，对方或许并没有把完成品直接带进来，而是把小块的材料零散地带进来，然后在美术室中进行组装……"

不良学生提出第二种方案。

尽管看上去懒散，却出人意料的是个从不拒绝参加推理活动的家伙——嗯，比起使用推车，这个说法更具可行性。

以前，美少年侦探团曾在活动中遭遇过使用与此类似方法的事件。只不过，不良学生所说的大概还是错的，我又开始找茬儿。

关于不良学生的想法，我持否定态度。

根本就是啐啄同时[1]的捣年糕这种风马牛不相及的组合！

"你未免高兴过头了吧，对于这种组合。"

"这根本不可能，不良学生。张贴在羽子板上那张不祥的人形贴画，应该能够办到；问题是这块跟人身等大的羽子板——那可是一整块木板，就跟寿司屋的柜台没两样！那种寿司屋，我可从来都没去过！谁让我是下界的贱民、庶民出身的穷鬼呢！"

喔唷。

被骂声劈头盖脸地砸了一顿的后遗症竟然是自虐。

1　啐啄同时：鸡子孵化时，小鸡将出，即在壳内吮声，谓之"啐"；母鸡为助其出而同时啄壳，称为"啄"。佛家因以"啐啄同时"比喻机缘相投或两相吻合。

"你的贫困是精神层面的，因此而备受困扰的，其实是我们。"

不良学生油嘴滑舌地回敬我。

即便陷入自虐也无人安慰，人们一旦得意忘形就会遭遇这种事吗……今后我会注意的。

"灵魂很贫困"的书面词汇大概是"贫困灵魂阶层"吧。

嗯，我某些方面的贫困是一个需要穷极一生来解决的重大问题，而针对不良学生所提出的第二方案的反驳本身，应该并没有被否定——被带进来的东西是巨大的羽子板这点，成为此处的一大瓶颈。

那可是块相当有厚度、人类大小的羽子板。

绝对不是可以拆解后带进来的——从严格意义上来说，或许也不是一整块木板，但至少是肉眼可见的毫无接缝。将如此巨大的木板分割成小孩能够搬运进室内的尺寸，然后再将其重新拼接起来，美术室可不存在这种加工的专用器材。

那块羽子板。

根本就是小孩搬不动的尺寸。

"说到底，那种尺寸能够通过房门吗？羽子板本身算是人类的大小，就算能够通过，可上面还有那个出格的怪物不是很奇怪吗？如果那个形状无法直接拿进拿出的话，至少怪物是在美术室中张贴的，这种想法成立吗？"

美腿同学表现出了敏锐的一面。

以倒立的姿势。

"还有，'太重了所以应该搬不动'这点，在现阶段也只是设想而已。看上去很厚重的怪物不过是纸糊的，羽子板所使用的木材或许也出乎意料的轻？搞不好如我这般纤细的人，都能很干脆地举起来。"

美腿同学说自己"纤细"这点，我完全接受不了（他只是身体线条紧致而已，其实全身基本都是大块的肌肉），不过嘛，他的话也有道理。

光是凭借巨大尺寸和目测，我们就擅自判断了羽子板的重量，但实际上，我们并没有确认过其真实分量。

因为连碰一下都会怕。怪物好可怕。

在得知制作者是那孩子后，就更加惶恐了。只不过为了确定这种可能性，不得不调查一番。

只要举起羽子板，随后确认是否能顺利穿过大门，就是一石二鸟的局面了。问题是，由谁来执行。

到底由谁去触碰那块不祥的羽子板。

原本应当由提出这个建议的美腿同学来执行，然而正如先前所说，正因为浑身肌肉的美腿同学，是美少年侦探团的体力担当，所以反倒不适合执行这项任务。

这项工作应该由侦探团中最没有体力的人来承担。

"那么，团……不，我来做吧。"

为了检验小学一年级学生的罪行，虽说男女有别，在我看来，还是由年龄最相近的双头院君来做才是最恰当的，可话说到一半，除了团长以外的四人就用不得了的视线齐齐瞪我，令我一瞬间撤退。

好可怕。

连天才少年都瞪我？

这个组织未免也太过爱护团长了吧。

我站起身，朝羽子板走去——某种程度上已经看惯了，但走近一看，那个怪物的威慑气息还是扑面而来。

虽说已经亲眼确认过没有危险，但这份威慑之力，却让人禁不住地设想是否还存在肉眼不可见的危险。然而，为了弥补试图让团长动手的大罪，我不得不触碰羽子板。

嗯，如果不是团长，那也是我的工作。

咲口前辈是初中三年级的男生，小学一年级的女生无论如何都比不了；不良学生即便不是体力担当也是暴力狂……不对，他是料理人，当然也有相应的体力；硬要说的话，比我低一个年级的天才少年也是有资格的人，但每天为艺术活动而绞尽脑汁的他，估计比我锻炼得要多。

诶，又是只有我能够出任的工作啊。

没有我的话，他们当真什么事都做不成！

发着无论让谁、无论怎么想都觉得勉强的牢骚，在一声"好嘞"中，我将手放到羽子板上——纹丝不动。

不，说"纹丝不动"是有些夸张，但触碰到羽子板后，沉甸甸的感觉就让我暗忖"啊，做不到的"。

一股会腰疼的预感袭来。

并且，羽子板好像还用锉刀精心打磨过，滑溜溜的，假如不小心的话，还有倒下来的危险。

利用墙壁、椅子等作为支点，使用杠杆原理的话或许能够移动；至于搬运，哪怕是短距离搬运，就饶了我吧——哪怕只是把这玩意搬到房门口，都是地狱级别的难度。

搬运的过程千辛万苦，搬着搬着就变成了我跟怪物相拥的姿势，十分令人不快。

"谁来救救我！我办不到的！"

"硬装什么女主角。"

嘴上说得很严厉，但到底还是看不下去的不良学生走了过来——虽然很感谢，但即便是两个人也搬不了吧？

我内心这样想着，但不良学生制止了想要起身的咲口前辈跟美腿同学，把手伸向羽子板的头部。

为了保持平衡，我把手放到了下部——哇，动了！

靠墙而立的羽子板转眼间变成了水平状态——即怪物朝上的形态。

说是两人合力抱住羽子板，其实是我负责抬羽子板把手的部分，不良学生则负责长方形的部分。

太厉害了不良学生！

如果改成背负的姿态，他一个人也能行吧？

"不愧是男生，太值得依赖了！"

"不要放弃大女主的形象，要做大姐大啊。不管叫谁来看，现在的你可都是美少年。"

喂，赶紧搬。对方粗暴地说道。

男生被夸奖其实是很开心的，为了掩饰害羞的心情才会这么粗鲁——我内心如此解释着，并遵从了他的命令。这样搬运，我几乎感觉不到重量，或许不良学生从水平方向稍微调整了一些角度，连把手部分的重量也一并承担了过去。

在为他的绅士姿态而钦佩不已的过程中，我们到达了门口——保持怪物向上的姿势很难穿过大门，但侧过来（也就是垂直的方向）一试，轻而易举地就过去了。

完全不需要把拉门从滑轨上拆下来。也就是说，只要能够举起来，把羽子板带进美术室完全有可能。

只要两人或者三人合力，就能够轻松完成，只不过……嗯。

"放到桌上检查一次吧。喂，东西都吃完了的话，把那里的餐盘什么的都收拾掉。"

不良学生这么一说，大家立刻响应，将桌子收拾得干干净净——话是这么说，不过就是把餐具类的东西转移到其他地方而已。

团长拿抹布轻轻地擦拭（团长并非一动不动，相反，他干活很勤快），返回室内的我们把羽子板放倒在那里。其实我们是想把怪物朝下放置的，但最后还是没有那么做……总感觉大家围着躺在桌子上的怪物边上，不像是在检"视"，而是在检"尸"。整块羽子板的大小刚好和桌子一致。

这样看，怪物仿佛是在发出悲痛的惨叫……然而面对这种怪物，美腿同学只是毫不留情地表示："要不要分解一次看看？"

"哎，不过，已经确认羽子板可以被带进室内了……"

"所以说，分解开来说不定能搞清一些事。"

其中并没有什么企图，不过就是一种尝试，或者说天马行空的方案。

不过嘛，不是什么都没有吗？

不知道是否有什么能够成为线索的东西，比如，或许能够从原材料的痕迹确定某种搬运方法，想到这点，或许分解怪物也并非什么无用功。

然而此刻，某人"啪"地把手放在我的肩上，转头一看，就见天才少年无言地摇了摇头。

身为艺术家，似乎无法对破坏他人的作品一事视而不见——不是，既然这样，别跟我表达意见，去找美腿同学啊！

到底谁是对破坏东西一事最为开心的家伙啊！

"唔，这样的话，今天的讨论就到此为止吧。长广直接去找川池湖泷询问，让她直接供述作案手法，也是有这种方法的。"

双头院朝黑板旁的老爷钟看去，确认过时间后作出类似总结性的发言，但怎么说呢，听上去只是自我安慰而已。

"这些问题不应该拖得太久，明天晨会，除了长广以外的全员，必须带来美丽的推理——川池湖泷到底是如何将这块巨大的羽子板带进屋子的。啊，还有，关于合宿的目的地，也请大家考虑考虑。今天就此解散！"

10. 与恶魔再相会

从流程来看，此处应该插入我在自己房间内，面对团长所提出两项作业而绞尽脑汁、哼哼唧唧的场景。但非常遗憾，无论对哪个作业，我都分不出时间跟体力来（疲累得倒头就睡。你看，全都因为我做了把羽子板举起来这种事啊），因此没有特别的停顿或蓄力，画面立刻切换到第二天清晨。

你还想重蹈上次的覆辙吗？你都不知道要吸取教训的吗？尽管自己做了如此激烈的思想斗争，但没有打电话向札规寻求意见，已经称得上是"成长"了。嗯，我这头没有能够联络到那个花花公子的手段，跟此情况也有密切关系就是了。

然而，第二天清晨来到学校后，我首先前往的并非美术室而是音乐室——忙碌的学生会会长大人为了我的声乐课特意抽出如此多的时间。但说到时间，声乐课被安排在了比晨会更早的时间段。

　　计划是这样的：我跟咲口前辈先在音乐室集合，然后前往美术室——起床时间变得相当早，我因此也就放弃了对羽子板一事的推理。

　　作为成员中唯一被赋予不必推理权利的咲口前辈，我很想恶毒地说他得意忘形，但站在乞求对方施教的立场，也就不敢抱怨了。

　　揉着惺忪的睡眼，我摇摇晃晃地走在校舍的走廊中。顺带一提，音乐室跟美术室一样，现在停止使用。

　　指轮学园的办学特色，就是对艺术活动加以否定。

　　但合唱比赛例行公事般地传承了下来，足以让人充分体会到"传统"的强大（顺便说一句，合唱比赛的练习通常在教室中进行，声音跟隔壁班级的搅在一起，十分混乱）。

　　如果连合唱比赛也中止掉，我就不必这么辛苦了——就在我这样暗忖，并驼着背摇摇晃晃地向前走的当口……

　　"好丑陋的姿势啊，不端庄之女。"

　　背后传来这样一句话。

　　不端庄之女？

这种我压根不愿大声念出来的日语到底是什么?!

连回头确认都省了，会把这种只能在与发表当时的文化、时代背景相重叠的书籍中看到的话语说出口来的会是什么人，已经再清楚不过了（说得更清楚些，从"与恶魔再相会"这个章节标题就能做出预想），我把驼着的背（丑陋的姿势）挺得笔直再朝后方看去，站在那边的，果不其然就是昨天放学后擦肩而过的座敷童子。

不，今天她不是座敷童子。

她身穿的不再是和服，而是指轮学园的制服——脚上穿的也不是木屐，而是学园鞋（想要不发出脚步声地靠近某人背后，其实这种鞋更加合适吧）。发型仍是那头修剪整齐的短发，但光是这样，给人的印象就已大为不同。

假如最初她就以这种形象现身的话，就不会把她错认成妖怪了……不，之后被劈头盖脸的一顿骂，还是会得到相同的结局。

无论如何，今天跟昨天相比，状况截然不同。

此人名为川池湖泷（户籍上的名字），很明确是人类——并且还是小学一年级的学生，比我低好几个年级这事也明明白白的！

为何她今天也会出现在初中部校舍，我不得而知。尽管被突然搭话把我吓了一跳，但面对小女孩，我必须拿出强硬气势！

利用身高差！

"哎呀，不可以哦，小妹妹。不能用这种肮脏的语言哦。"

"烦人。你好像把妾身称作座敷童子和妖怪吧。"

这番反驳，让人连"哎"声都发不出来。

"哎"（试图出声）。

为什么被知道了呢，莫非她并非座敷童子，而是"觉"[1]这种妖怪？我脑子里想着这些失礼的事，但这到底还是一个立刻就能给出解答的谜题——昨晚，咲口前辈把那些话传达给她了。

既然这样，这孩子在这种时间出现在初中部的校舍，会不会跟我一样，是被咲口前辈叫来的？

那个学生会会长打的算盘该不会是连预告都不给一

1　日本民间传说中能够看穿人心的妖怪。

个，就让我跟湖泷在此来个正面相撞，好就此培养友情吧？

有一说一，从被对方称为"不端庄之女"开始的友情，到底存在于哪个时代，哪种世界观之中？

"啊？干吗这么阴暗？这样盯着我看，是有什么想要说的话吗？"

"说到想要说的话……"

"那块羽子板真的很不错，是湖泷做的？到底是怎么做出来，又是怎么搬运的，能不能告诉我？"

"羽子板？啊？听不懂。"

切。

采取了以己之长攻彼之短的策略，但对方没有中计。可以猜到，面对昨晚咲口前辈的追问，这孩子肯定没坦白自己的罪行。

唔，用一般的方法行不通。

可是这样说来，这孩子就不是被咲口前辈叫出来并来到这里的了？她跟我的"相遇"，说到底也是以解决令人毛骨悚然的羽子板事件为前提的。

我在走廊前后寻找咲口前辈，但在我戴着眼镜的视野之中，哪儿都看不到那个流光溢彩的美丽身影。

"小百合花（化名），你是自己来的？"

"什么鬼，小百合花（化名）是什么？"

她似乎没听过这个称呼，小百合花（化名），不，湖泷面露讶异的神色。

"啊，你看，因为你走路的姿态非常漂亮。不是都说'行如百合花'嘛……"

对于我的辩解，她瞪大眼睛抬头看——这算什么，到底是哪种感情的表现？

假如是受到赞誉后，因为高兴所表现出的"含羞"或"带怯"，那么我也会因此而产生至上的喜悦。但非常遗憾，我无法做出判断。

再者，身为给"行如百合花"后面附加了"说出的话却如同蔷薇的棘刺"的人，就算对方把这些话照单全收，打招呼也会很困难。

实际上，她的内心究竟有什么样的理论，又是如何运作的，我仍然弄不清。

"好吧，'丑陋的姿势'这句就给你撤了吧。"

她如此说着，并终于眨了眨眼。

在射出如此之多的棘刺之后，仅仅收回一根，可谓毫无意义；但总而言之，对话达成了。

达成了吗？

就算达成，也只是表面上的对话。

我想要询问的事，完全没能听到答案——等等，一开始出声搭话的可是湖泷啊。"是有什么想要说的话吗？"，这本来应该是我的台词——莫非是这孩子找我有事？

"哈？没事。少得意忘形了，厚脸皮的女人。我不过就是来见你一面而已。"

湖泷说出吓唬人的话语。不知不觉，我们间的距离靠得更近了。因为没有脚步声，即使距离拉近也完全不曾留意到——该不会在不知不觉中被无声地刺伤吧？

见我一面这种话……

"昨天跟你擦肩而过的时候，没留意到你就是美少年侦探团的新人——只看到一个古怪反常的女学生。"

原来是这样，当时湖泷没想到我就是侦探团的新面孔。关于我加入了美少年侦探团这个情报，已经从咲口前辈那边传达了过去。

到底在搞什么啊，那个人。

只是单方面地传递情报而已啊。

美声的演讲能力在毒舌面前，都能失效到这种程度吗？

"切，那种组织真的让人不惜穿男装也要加入吗？被一群精致的美少年包围，被他们吹捧，想必心情很好吧？"

"哎……"

"羽子板什么的，我不要了，直接丢掉好了。这样转告双头院学。去死。"

就像说"再会""保重"一样，湖泷用"去死"当作分别时的话语，然后迅速转身，不，应该说是轻巧地转身，就此不带脚步声地朝小学部的方向走去。

她所前往的方向跟音乐室完全相反，正如我所预想的，应该没有跟咲口前辈一起前来——并非说谎或欺瞒，她果真是来见我一面的。

她的入团申请遭拒。

随后，就来看看成功入团的我。

基本上不会考虑他人心情的我，并没有从这种视角去考虑湖泷的心情——我那种"明明我很干脆地就加入了，为什么湖泷不能加入（性格可谓相当恶劣吧）"的思考模式，与湖泷那种"为什么我被拒绝了，那种古怪反常的女学生却能加入"的思考模式，两者之间的差异微妙但其实迥然不同。

我走路驼背弯腰，还絮絮叨叨地称赞她走路的姿势，湖泷应该真的很想捅我一刀吧。

并且，她刺向我的，是比任何粗口都要漂亮的言语尖刀。

"被一群精致的美少年包围，被他们吹捧，想必心情很好吧？"

嗯……

果真如此吗？

11. 考察

　　说句不怕被误解的话，我可是个读到诸如女主人公被美男子们包围，就仿佛置身天国这种情节的少女漫画时，会以"切"来表达想法的少女。没想到从客观角度来看，我竟然被认为是这样的人，我禁不住地想要抒发强烈的遗憾之情。

　　这样的我，现在居然跟那些女生处在相同条件下！

　　虽然不至于到这种地步，但这也只不过是我不想承认逆转性别的后宫[1]这一事实，而进行的自我辩护罢了。

　　只不过，倘若我如今身处的立场被公开，一点儿都不难想象指轮学园中的女生们会说出"抱怨成这样的话就换我上啊"的场景，即便如此，我大概也不会把自己的位置让给任何人。

1　原文"逆ハー"为"逆ハーレムアニメ"的缩写，一般翻译为逆后宫动漫，指多个男主角围绕一个女主角而展开的情感故事。

一点儿都不难。

因此，哪怕遭到来自小百合花（化名）虽说谈不上怨恨，却必然会有的捉弄，我也只能心甘情愿地领受。

原来是那种意思吗？

团长是个看似从不思考，但对于人类情感的微妙之处能敏锐觉察的美少年——然而正因如此，我又有了一个疑问。

我们那位能够察觉人心的团长，为什么会拒绝湖泷的入团申请？

嗯，那位团长，面对我这种把"不想参加合宿"的感觉完全推到台面上的人，可以做到完全无视，还真的蛮不可思议的。

无论如何，湖泷想要加入美少年侦探团的心情已经没了，却也不能完全无视我的存在，这就是所谓的人类感情吧。

小学一年级的孩子就更是如此了。

回想起来，小学一年级时的我也是个恶魔般的孩子（哥哥这样说过）。

今后万一有怪物的贴画羽子板送到我家的话该如何

是好，我禁不住地如此想着，但一直站在原地也不是个办法，只能朝音乐室走去。总而言之，就拿没能让事态顺利进展下去的咲口前辈来撒气吧。

12. 低音课程

　　我完全没得到少女漫画女主人公那般的待遇。一踏进音乐教室，我就沦为了等在那里的咲口前辈斯巴达式声乐训练的牺牲品。

　　别提什么撒气了，我刚想打招呼，但因为相对集合时间已经有些迟到了（都怪那个恶魔），且咲口前辈之后的时间全都排满，因此他放弃了副团长模式，开启了学生会会长模式。

　　他麻利地将扩展（降低）音域的技巧灌输给我。虽说优秀的学生会会长手把手地教导音乐课程，是多数女生可望却不可即的，不过嘛，嗯，让给别人也行。给谁都行。

　　并非以美少年侦探团成员的身份，而是班级成员的身份。

　　"那好，每天早晚请各重复三次。这样一来，到圣诞节之前应该就能接近目标的音域了——相比拔高音域，降低音域比较简单，请相信自己能行，并继续下去。"

假如能以这样的外表使用男子的声音，你"美少年"的身份也就能够越来越精进——说完，咲口前辈结束了授课。

嗯，从这层意义上来说，这也可以说是一种团员活动吧——身穿男子制服，连声音都变得像男生，我终于连自己的目标是什么都搞不清了。

就在不久之前，我的目标还是宇航员呢。

这就是人生吗？

"慎重起见我想问一句，声音一旦变低，该不会就变不回来了吧？"

"只要别胡乱反复发声，没刺激到声带，没让声带疼痛就没问题。万一变不回来，下次就给你上如何使用沙哑嗓音的课程。"

请不要扮演音色训练的讲师角色啊。

这样一来，就要把自己的声音给忘掉了。不过话说回来，似乎自己听自己的声音跟他人耳中的自己的声音，完全不一样。

"只要习惯了就是一回事。说到底，声音这种东西，大脑会按照自己想要听到的方式去听。我这种被称为'七色之声'的声带，只要经过机械性的分析，也能描绘出完全不同的波形——我没尝试过就是了。说到底，我不过就是把自己认为对方在听的声音悄悄释放出来而已。"

"哈……顺带一问，咲口前辈的音域到底有多宽？能够模仿钢琴的声音吗？"

"模仿钢琴声音的想法我确实不曾有过，但下至低音扬声器的重低音，上至玻璃破碎的高音域，我都能够自如发挥。但光是音域，没有什么值得骄傲的。"

从说话方式来看，似乎当真没有什么骄傲的感觉——正因为这种谨慎的态度，才会被我这种小姑娘给看扁。

能够让这个人为之自傲的技能到底是什么？假如那是美声长广的本来面目的话，他还没有让我见识，或者说听闻过呢。

"那好，差不多该去美术室报到了吧？眉美同学。合唱比赛固然重要，团长布置的作业有好好去做吗？"

"那是当然。我对今天的推理有自信。但剥夺大家的发言机会并非我的本意，我想让自己作为压轴出场。"

"这样啊。嗯，只要你不是想从某人那里听到正确答
案，就随你好了。"

呜。

真是执着的敲打方式啊。

要让能够满脸平静地撒谎的我来说，人们如果不被
信赖，就无法作出回应喽？

"咲口前辈的情况又如何？"

虽说大致能够猜到，刚才和湖泷的会面不太可能是
在咲口前辈的安排下发生的，但我仍然试探般地先尝试
询问。

"啊，这件事啊。"

咲口前辈像刚想起来一样地说道。

为什么要演这种小把戏——在我们立刻就要前往美
术室的时间点上，怎么可能把这事给忘了。

"这个嘛，好消息和坏消息都没有。"

"都没有吗？"

至少应该有一个吧。

那不就是完全没有进展吗？

"我尝试过去她家拜访，但非常遗憾，没能跟她本人直接会面——因此先通了电话，但没有得到解决。对方是小学一年级的学生，要长时间通话也得有个限度，最终我们通过邮件交流，但到了晚上十点就联络不上了。"

即便是具有那种无视现实的性格的小学一年级学生，就寝时间似乎还是蛮规矩的。

只不过，两人居然无法直接会面？

"我前不久在这里碰上她了。"

本想再听咲口前辈保持低头的姿态继续说话的，但看他那种没出息的姿态，我还是忍不住说了出来。

即便如此，对于咲口前辈来说好像都太迟了。

"咦？为什么不早点儿告诉我？"

他边说边用责怪的眼神看着我。

竟然责怪我！

这算是责怪吗？

只不过，我认为，严格按照日程表进行流水作业，对我实施斯巴达式教育的咲口前辈也必须负起一部分的责任——然而，我并没打算在这里相互推卸责任（至于原因，当然是因为我的责任比较大）。

"咲口前辈，我突然搞不明白了……那孩子到底是什么样的人？那孩子跟美少年侦探团之间，在今年夏天到底发生了什么？可以的话，在前往美术室之前，把这些都告诉我行吗……"

既然是我加入侦探团之前发生的事，其中有我没能掌握到的情由也是理所当然的；老实说，各种追究过往之事的行为未免过于不雅，对此我一直有所顾虑，但只要想到从湖泷的角度来看，我也是当事人之一，也就不能再摆出什么都不知道的样子。

为了自我保护，我必须知道。

或者说……为了守护美少年侦探团。

"唔……"

咲口前辈停下了正要迈出音乐室的脚步。

既然要谈话，当然是待在具备隔音效果的音乐室比较合适——莫非他在考虑这个问题？

"确实如此，从昨天开始，我们或许真的让眉美同学产生了疏离感。"

啊……虽说稍微有点儿不一样，但无所谓了。乘势而上吧。

"没错！我也是美少年侦探团的一员！"

"嗯，而且眉美同学还会成为湖泷的第一个朋友，总不能连你都瞒着。"

恶魔的第一个朋友？！

这种重任，换来的就是不足三十分钟的课程？！

咲口前辈掩饰不住心中的焦急，兀自将我抛在一边：

"请听我一言。"

他的演讲开始了——以美丽的声线。

13. 恶魔的诞生

"好吧，该从何谈起呢。

"无论从何谈起，都是令人发指的事——首先该谈的，应该是川池湖泷小姐的出身吧。

"想必她对你说过许多不堪入耳的脏话，但她并非生来就是恶魔。

"或许你不敢相信，但这是事实——她刚出生的时候可谓'端丽'。

"至少就我——哎口长广初次会见的湖泷小姐，完全配得上'小淑女'的称谓，是位非常可爱的小姐。

"请不要说我表现得像个萝莉控。因为飙太不在这里，我才能随心所欲地发言而已——我当然希望今天的这番话能够消除大家的误会，但对我来说，哪怕打破沙锅问到底，她都只是家长擅自为我决定的未婚妻。

"只是家长擅自决定的未婚妻而已。

"对于湖泷小姐来说，可谓一种悲剧。

"被眉美同学一打岔，话题很快就跑偏了，但我们谈到了哪里？对，我曾说过，湖泷小姐——你口中的小百合花（化名），最初，和'恶魔'或'妖怪'之类的形容根本搭不上边，甚至可以说是位贵族。

"不。

"她并非因为自己的出生阶层，才会对他人说出'穷鬼''庶民'等侮蔑性言语的。

"她所发出的诸多骂声，跟那种歧视性的感情在意思上多少是有些不同的——至于原因，是因为在她懂事之前……

"川池家就已经凋落了。

"因为大人的原因，她出生于一个日暮穷途的家族。

"她就是所谓的'没落贵族'。

"出身高贵，但还没等她长大，这份高贵就变成了纸糊的道具——形同人偶。

"顺带一提，眉美同学看到的那套和服，可谓高贵的遗痕。那是她操劳过度最终过世的母亲的遗物，她把遗物留在了自己身边。

"随着成长，总有无论如何都穿不上的那天，将这种财产留在手边，只能说是一种讽刺。

"不，不是这样的。

"我想说的，并不是'一生保持少女的姿态就好'。在这种严肃的场合下，请不要像飙太一样总是插话。

"嗯，因为上述原因，她在幼年时期就被逼到要流落街头的境遇之中——我曾说过，她对你和周围人们说的粗口，应该不是在知晓其中的意义的情况下才使用的；实际上，这或许是她表达自我厌恶或自我否定的一种方式。

"当然，她对活得舒服自在的那种人，有非同寻常的敌意——不，我并不是说眉美同学就是这样的。

"再没人活得像你这般舒服自在了，就连其他学校都有能够倚赖的朋友。

"请别说出'好难缠'之类的话。我很明白，自己就是很难缠，实在很抱歉。

"没想到我会为此而主动道歉……莫非你才是恶魔？

"总而言之，无论被称为凋落还是没落，川池家仍是历史悠久的家系，正因这种'传统'，若真的崩溃了就会发生为难的局面——社会层面的。

"换作是小满，应该会以讽刺的口吻如此叙述：大型企业破产的时候，为了不被连锁倒闭所害，四面八方的大企业都会赶来帮助——这种表现，也可以描述成'从四面八方给他们送来食物'。

"同理，川池家也勉强得以续命——具体措施，就是跟咲口家缔结了婚姻关系。

"没错。

"这就是'家长擅自决定的未婚妻'的内情——感觉很失望吧？其中完全不存在罗曼蒂克的恋慕，更遑论我有萝莉控的兴趣了；单纯只是老旧的政治婚姻罢了。

"你说'不能加以拒绝吗'？

"嗯，虽说家境不及创作同学，但我也明白自己的立场究竟是什么。而且，如果由我来出面拒绝，川池家的没落将不可避免——包括湖泷在内，我跟那家人很久以前就认识了，被感情所左右的情况也是有的。

"若川池家能够在我十八岁之前复兴，就不存在任何问题。不管从什么角度来看，我都算很幸运的人，因此我认为，这种程度的助人是一种义务。

"大错特错。

"我想说的是，背负义务感的绝非我一人——湖泷似乎也认为'这全都取决于我'。

"川池家勉强维系下去的将来，取决于自己如何与咲口家保持因缘——她是这么想的。

"这也能够称之为孩子气的武断，但对于她本人来说，似乎相当迫切——五六岁的年龄就需要背负家族使命，这也是不得已的。

"对我来说，与其在形式上的婚姻关系上纠结，更加希望他们能够寄希望于自主努力，不过嘛，或许她也是想用孩子的方式，用自己的力量做些力所能及之事吧。

"这或许也跟她亡故的母亲对她进行了强度略高的新娘课程培训有所关联。

"一个小女孩玩'扮新娘''扮妈妈'游戏或许感觉很可爱，但她毕竟是那种性格。

"因为她变成了那种性格。

"之后搞出了怎样的荒唐事，你应该也能够想象。

"不光是我的私人生活，影响甚至还波及学生会的活动。

"一旦瞅准空档，她就会带着手工料理前来拜访。顺带一提，手工料理实在做得不值得夸赞。

"就算是新娘培训，也没必要做到这种程度——不过嘛，或许是小满的美食已经把我的舌头给养刁了。

"无论如何，特别是在初期，她做出的'媳妇'姿态简直让人伤脑筋到想抱头的程度——在找到合适的相处距离之前，实在让我很辛苦。

"频繁地带她出门算是一种妥协——然而，这也跟今年夏天的麻烦产生了关联。

"没错，就是美少年侦探团的夏季合宿。

"日程都被打乱了。我不是萝莉控，当然以合宿为优先考量，但事情不会那么顺利。

"恶魔不会原谅。

"湖泷像跟踪狂一样对我表达爱意，这样下去，美少年侦探团的存在早晚都会暴露，但偏偏在最差劲的时机暴露了。

"对于希望守护家门声望的她而言，妨碍到婚前旅行的美少年侦探团，可谓邪恶的组织。

"从我们的角度来看，她是个恶魔。

"而从她的角度来看，我们才是邪恶组织。

"如果是小满的话，或许可以将此看作一种讽刺；但我们完全没有这种从容。

"当然，湖泷并不是从最开始就站在我们的对立面的——她不得不时常考虑到，我会放弃这段婚姻关系的可能性。

"这种撕破脸皮的做法，实际上是不可能发生的。因为这是由成年人的标准所决定的。

"从这层意义上来说，再也没什么事能够比她那种充满勇气但又危险的做法更没有意义的了——她尝试加入美少年侦探团。

"既然原定的旅行计划被打乱了，那一起去不就行了？她的想法就是如此简单。

"没错，就像先前说过的，她的申请没有被接受。

"团长直接又果断地拒绝了她。

"不，关于这点，当时并没有什么疑问——正如字面意义所写，我们可是'美少年侦探团'。

"女性不能入团是理所应当的，全体成员都是这么想的——然而，之后眉美同学的入团申请居然被接纳了，真是让人意外。

"只要改穿男装就好了?

"假如真这么简单的话,湖泷也是无可救药——她连被同情的余地都没有。

"因为被拒绝入团之后,湖泷采取了 Plan B[1],即强硬手段。

"强硬手段,也可以说是一种行凶手段。

"眉美同学曾说过,她走路都不发出声音的对吧? 就像你刚才经历的那样,在不被发现的情况下从后方靠近某人对吧?

"湖泷做了同样的事,在第一学期的期末。

"在小学部的校舍内,她不出声地走到我们团长的背后——从毫无防备的团长背后推了一把。

"把他从楼梯上推了下去。"

---

1 (第一方案不可行的情况下使用的)第二行动方案,次选方案。

14. 羽子板的理由

"幸好没惹出什么大祸，但因为失去平衡，团长的脚因扭伤而剧痛——为了专心治疗，夏季合宿才被迫中止。"

咲口前辈以淡然的口吻叙说着，但能让美声之主的口吻淡然到这种程度，反过来说，似乎也是一种无可奈何的愤怒。

确实是这样没错。

先前只是提议让团长做一下拿羽子板这种体力活而已，我就遭受了来自四面八方的白眼，这个组织就是如此的忠诚心满溢。而做出直接暴力行为并且导致团长受伤的湖泷，还能活到现在已纯属不可思议。

她的行为确实是恶魔性质的，但只是口头被称为"恶魔"就了结了这件事，可谓不幸中的万幸。

"这里就能看出我们团长的宽阔胸襟。他全面禁止我们对湖泷出手。"

"这样啊……不过也对。如果不这样，不良学生非得把她活活打死不可。"

"亏你能把这种假设放在成员中跟你最要好的人身上。"

嗯，就算不被活活打死，她的行为导致咲口前辈无视父母之命媒妁之言，直接放弃这段婚姻也不奇怪。她难道以为小学部的校舍，是成员们的保护盲区吗……

"面对众人的问询，团长表示'只是自己脚滑'，将湖泷庇护了下来，没能构成任何问题；而湖泷似乎也认为自己太过分了，她进行了反省，从此以后再也没有靠近美少年侦探团……到昨天为止。"

"到昨天为止……是吗？"

"没错。肯定是作为新成员的你的出现，刺激到了湖泷——因此，只要眉美同学能够成为她的朋友就没问题了，这是我的一番拙见。"

确实是拙见——这句话险些脱口而出，不过原来如此，这下终于掌握了事情的来龙去脉。

这样啊……原来是这样。

因为对方劈头盖脸地砸来的过分话语，让人一味地认定那是个荒唐的孩子；但当我认真地听完整件事……当我认真地听完整件事……那孩子也是有难处的……有难处……

不过，大致的印象还是没怎么变啊。

可能的话，我还真想听到一个能让人暗想"我误解她了，好可怜的孩子！"的小故事，但非常遗憾，完全感受不到这方面的思绪——倒不如说，似乎糟糕部分变多了。

家族没落、流落街头这种事固然很惨；但其实，家族没有真正没落，还得到了一个才貌双全并且还不是萝莉控的未婚夫，即便这称不上幸福，至少也不能算是不幸。

对那些"穷鬼"揶揄般的坏话，也是从复杂的自卑感中产生的，这点我理解，但就算如此，说这种话也不能够被原谅。

真遗憾，我是个笨蛋啊。

"不，正因为你是这种笨蛋，我才期待着你能成为湖泷的第一个朋友。"

"请不要随便说别人是笨蛋。自嘲还好说，被别人这么说，哪怕笨蛋也会受伤的。不过话说，为什么拒绝了恶魔的入团，我这种笨蛋却被允许了？咲口前辈找到答案了吗？"

"没有，我并没有跟团长确认过。他肯定有什么深刻的考量。"

忠诚到这种程度，不就跟奴隶的劣根性很像了……只要这点弄不清楚，我跟湖泷之间建立友情的可能性，就连万分之一都不到。

"本想长话短说的，却比预想的时间要长。好了，我们去美术室吧——大家应该全都集合了。"

"啊，对哦。还要在大家面前发表推理呢。"

老实说，我还是想问出些更细节的东西，但时间关系，剩下的就到美术室再去打听吧。

我还想打听一下其他人的想法——总觉得，一直强调自己并非萝莉控的咲口前辈，他的想法对于湖泷而言太过严厉。

嗯，可是她有危害双头院的前科，总感觉其他成员的想法也不会有太大的差别——我们来到了走廊中。

然后朝美术室走去。

"对了。虽说没跟她本人确认过，咲口前辈有没有想过，湖泷擅自把羽子板带进美术室的理由，是想让你把东西送回去，好达成接近未婚夫的目的？"

"'接近未婚夫'算是一种很不错的推理，嗯，我是想过。这种情况过去也发生过。主要说来，就是希望'从未婚夫那里收到赠礼'这种让事得以发生的孩子气的企图。"

真的"孩子气"吗？

甚至可以说有些恶劣了吧！

把退回东西当作赠礼，这比强迫欺诈还要更过分——把可疑物品送回去根本不是赠送礼物嘛……不过，这就能解释为什么是羽子板了吧？

虽说是我中途才想到的，赠送羽子板，确实是为女孩庆祝初正月[1]的风俗——只要埋下这条伏线，是不是就给咲口前辈设计好了表示"反正都一样"，然后轻松送礼物给湖泷的环境呢。

举个例子，假如我的课桌里不知为何被放了一个鸡

1　初正月：指新出生的女孩过的第一个正月。日本人在正月有用羽子板给第一次过正月的女孩祈祷好运的风俗习惯。

蛋，虽然搞不清是什么意思，但也不能一直放在课桌里，说不定我会拿去送给不良学生。

难道正因如此，羽子板才会如此之巨大？这是人拿得起来的程度吗？

只要在美少年侦探团当作事务所的美术室中放下这种巨大的羽子板，我们就无法对此放任不管，也无法将其随便处理掉——虽说就计划来说漏洞百出，但作为数发铁炮的其中一发，也不能说没有效果。

假如这是作为为形式上的未婚夫清除障碍的环节之一，其恶劣性就不能简单形容为"孩子气"了……事实上，我曾毫不犹豫地怀疑咲口前辈就是个萝莉控（嗯，其中大半是基于美腿同学的玩笑话而产生的疑惑）。

考虑到当今的文化情势，咲口前辈在到达结婚的年龄之前，就有被社会舆论口诛笔伐的可能性。只要想到这点，即便只是一块羽子板，都不能轻率地视而不见。

羽子板是湖泷的作品，这点凭咲口前辈的证言就基本能够成立，我们需要明确她究竟是如何把这么大又这么重的东西带进美术室的，并且必须"退货"，让她本人将羽子板领回……

要是我昨晚没有觉得这事很麻烦，而好好推理一番就好了——嗯，交给其他四人也行。

咦……

等一下。

虽说我把自己发表推理的顺序调到了最后，巧妙地将自己怠工的行为加以隐蔽，但在发表会迫在眉睫的此刻，我忽然想到了一个不得了的事实。

跟上次不同，这次咲口前辈被免除了推理义务（团规之三），那一本正经地进行推理的成员一个都没有了，不是吗？

作为团长的双头院说出偏离靶心的推理是预料之中的事——羽子板上贴的怪物其实是"怪物本物"，由"他"直接搬运羽子板过来——团长绝对会发表类似这种推理的。

Cowabunga！[1]

---

1 Cowabunga（カワバンガ）起源于 19 世纪 60 年代冲浪运动，在实现一个高难度动作后，高喊这个词祝贺成功。在日语中的近义词是"太好了""太棒了"。

并且，由于团长的推理过于随意，所以一直找不到真相；事实上，在推理这个领域，美腿同学也与团长十分相似。尤其是这次的事件，他应该会拿出体力担当的样子，提出与体力相关的解决方案。

至于天才少年，无论他的推理有多尖锐，由于他脱离常轨的沉默，结果都会由担任翻译的双头院来表述，可谓什么事都喜欢藏在心底。也就是说，这几乎等同于不可能正解。

纵使天才少年奇迹般地自己开口，也仅限于一两句话。

如此，即便能够形成提示，也形不成答案。

这样一来，就只剩下不良学生了。

既然是团长布置的作业，又判明了他本质上其实是个认真的家伙，想必会边嘟嚷边认真地推理吧，不过，唔，也不应该随随便便期待。我还没见过他的推理正中靶心呢。

如果这样，就可以反过来想了。他根本就是为了让我说得头头是道，才来搞推理的。

哇……。

到底搞什么，再这样下去我的怠慢就要曝光了……
我突然感觉一阵焦躁，然而，事态却朝着远超乎我预料
的方向而去。

15. 婚约撕毁

话是这样说，推理发布的进展本身仍是按照既定的预想执行——双头院讲述了一塌糊涂的推理，美腿同学陈述了力量型的推理，天才少年沉默不语，不良学生则发表了老套的推理。

双头院一塌糊涂的推理和美腿同学技术力量型的推理完全没有记录的价值（用"魔界隧道"和"毅力"就能分别一言尽之），这里就来介绍一下不良学生老套的推理：

"假如使用推车，问题就变成了要如何处理那台推车对吧？也就是说，把推车货架部分的木板直接当成制作羽子板的基础材料……余下的车轮、车轴这些零件，怎样都有办法处理掉的。"

解说如上。

太正经了！

假如不良学生所属的是普通侦探团的话，搞不好他已经作为少年侦探而崭露头角了……但这里是美少年侦探团，我也只能表示深深的遗憾。

只不过，一本正经的推理也有一本正经的漏洞。

"那个，台阶要怎么办？靠毅力把推车抬上来？"

面对美腿同学的吐槽，不良学生并没有准备好回击的说辞，只是表示"所以才说我不适合推理啊"，很干脆地收回了自己的说法。

其实还是蛮适合推理的，好一个令人遗憾的男孩。

只不过，若他不在料理领域而在推理方面寻找自己的出路，恐怕会影响到我今后的饮食生活，因而我也没有特别去安慰他。

比起这个，更为焦急的其实是我。

就连完全不认真的美腿同学都提出了虽然听起来是信口胡扯，但也规规矩矩的推理，我却如字面意义般赤手空拳地面对这一切——哎呀，对于自己该如何突破困境，我实在是很期待！

"已经够了吧？"

等不及我发表推理，不良学生就摆出一副非常不爽的态度说道。

"那个恶魔到底是怎么把羽子板带进来的这种事……直接去问她本人比较快。长广，你的询问方式是不是太温柔了？"

"因为他是萝莉控嘛。"

"我没打算用温柔的方式问话哟，小满。我也不是萝莉控，飙太同学。只不过，没能拿到她的证词，确实是我的疏漏。所以，我们最好还是先把她如何带来羽子板的手段给确定下来，让她无从推脱才是最佳手段不是吗？"

"不，如果这样做，就算能够确定手段并拿到证据，那个恶魔也不会承认罪行或做出反省的。"

哎呀哎呀，搞得就像我不存在一样，话题开始扩散……难道这就是对新手的霸凌吗？

不对，大概是不良学生注意到了我可疑的举动，才顺着我的话讲。

虽说是内心的悄悄话，但既没安慰到他，还想说什么就说什么，我实在太恶劣了！

假如我是个能够直爽道歉的女生的话，此刻应该是要道歉的——但我并非能够直爽道歉的女生，真是遗憾。

　　然而，完全没顾上我内心萌生的对不良学生的感谢之情，故事的展开朝着有些奇怪的方向转去——不，这或许是顺理成章的转变。

　　"团规其三，必须是侦探——要遵守这条，就不能单纯纸上谈兵对吧？我们所应该追求的，是根本性的解决问题。"

　　"你到底想要说些什么，小满？"

　　"你并不是萝莉控，却一直对那个恶魔手下留情，磨磨蹭蹭地维持着关系，才是这件事的起因吧？既然你这么不情愿，就该好好地把对方甩掉不是吗？"

　　面对符合不良学生个性的认真意见，咲口前辈陷入沉默——他或许在想"这并非如此简单的问题"吧。

　　这可是与家世息息相关的问题。

　　某种程度上，这个问题的棘手程度，超越了天才少年所面对的指轮财团继承的相关问题——让咲口前辈在现在的时间点把湖泷"好好地甩掉"，此决断无异于要毁灭一个家族。

　　"小满，现在必须体谅长广的心情。我认为此刻时机不成熟。"

或许是抱有相同的想法，就连美腿同学都说出了这种话——我是这样想的，但我错了。

"至少在对方小学毕业之前，你都很享受跟恶魔维持婚约关系。"

"我并没有这样想。"

请你稍微安静点。咲口前辈如此表示。

"我明白了，不能继续给侦探团惹麻烦。最重要的是，我也到极限了。"

咲口前辈如此说道。

他此刻的声音，很难称之为"美声"。

"与湖泷小姐的婚约，家长擅自定下的婚约关系，就到今天为止，宣布撕毁。"

16. 美观眉美

对于刚刚知晓事件来龙去脉的我来说，咲口前辈突然在这里宣布放弃忍耐至今的事，简直莫名其妙；只不过，或许正因为一直忍耐，才会如此吧。

这完全说不上是不良学生催促的结果。

看起来是一直都在等待契机罢了。

在湖泷对双头院加以危害的时间点，这种结局就已注定——即使继续自欺欺人地维持这份关系，极限也终会在某处降临。

而那个契机，恰好就是我。

我的入团正是那个契机——不，准确来说，是因为我昨晚没有好好推理，不良学生帮了我一把，这事与咲口前辈跟湖泷的婚约撕毁产生了直接关联。

太蠢了。

正因为我的怠慢，才造成了一个家族崩溃的结果……我原来是影响力如此巨大的女生吗？

"长广，这样真的行吗？"

短暂的沉默过后，团长试探地询问咲口前辈。

"我那件事无所谓的。都说过好几遍了，那真的只是我自己脚滑。不是被恶魔推下去的。"

"就算这是真的，湖泷不带脚步声地靠近团长背后也是事实。本来我应该在那时就作出决断的。"

"你也不要太过于优先考虑我或我们，而忽视了自己的家人哦。"

双头院说得一本正经。

简直令人难以置信，事关家族和未婚妻，不知为何他说话的态度总是那么正经——处理我的那起事件时也是如此。

然而，面对团长的顾虑……

"不，是我迄今为止都背负了太多。身为初中生，我不应该背负家世门第之类的东西。虽说对方是未婚妻，但我站在保护者的立场去接触湖泷，这本身就是错误的。"

咲口前辈无力地摇了摇头。

"团规之二——必须是少年，对吧？"

"唔。"

提及团规，双头院点了点头。

随即他转向我，说了句"然后呢"。

"眉美同学呢，真觉得这样就好?"

"咦?"

我? 是在问我吗?

这或许并没有什么深刻的含义。

作为一个团体，必须统一意见，因此在发表会结束之前，或许只是形式上地挨个询问成员的意见——大概在我回答"不，这不是我能插嘴的事，既然咲口前辈都这么说了，就这样做吧"之后，不良学生也会被问到相同的问题。

然而，被询问让我有了一种被看破的感觉——湖泷真的很可怜。

我的这种想法好像曝光了。不过嘛，那完全都是她自作自受，没有值得同情的余地。

在听咲口前辈讲述来龙去脉的时候，我有了"啊，这样啊"的感觉;可是几次相遇都被一顿恶语敲打的事，我还没消气呢。

若说喜欢还是讨厌，当然是讨厌；其实，时间久了，那些话的影响应该也会消失，但我还是不认为我们能够做好朋友。

关于她没能成为团员，我却成功入团这事，多少还是会有些愧疚感，但即便如此，我也不是那种高尚到会去盲目地背负责任感的人。

家世这种东西，老实说，我搞不懂。

别说川池家曾是多么高贵的家族了，就连咲口家是个什么模样我都搞不清楚，我只是一介女流罢了。

只是一介极其恶劣、精于算计、愚蠢至极、性格扭曲、有暴力倾向、毒舌又腹黑、没有半个优点的女流罢了。

然而，哪怕如此……

也不能直接说抛弃就可以了吧？

"这可不行，团长……只去帮助自己喜欢的人或善良之辈的世界，称不上是美丽的。"

即便是讨人嫌的垃圾，也需要去救助。

我朝双头院、咲口前辈、不良学生、美腿同学，顺便朝完全没参加对话的天才少年如此说道，然后开始思索。

思索……思索……思索……

为什么这种任务总是落在我的头上呢？我一边竭尽全力地发牢骚，一边竭尽全力地思索——即便找到了把羽子板带进美术室的方法，只要本人不承认，结果还是一样，不良学生早就如此表示过了；然而，严格来说并非如此。

现在的问题在于，不知会做出什么事来的湖泷，无论什么危险物品都能自由地带入这间美术室，这种可能性正在滋生。只有抹除这种可能性，才能让状况回归原始状态。

只要能够从头开始，就不会有当场撕毁婚约这种情况发生了，也能够还大家一个可以把咲口前辈戏称为"萝莉控"的和平环境。

思索……思索……思索……

解决方案应该还是存在的——能够让小女孩轻松搬运跟人一样大的羽子板的方法。

以小学一年级学生的细弱手腕……即便不是一年级学生，至少能够让我这种体力的人也能够轻松搬运，假如这种方法真的存在……

"寻星之人……"

就在此刻，天才少年开口了。

先前才被我顺便关照到的天才少年，本以为这次直到最后都铁定不会开口的天才少年，开口了。

并且说出的还是过去不曾有过的长台词。

"一味地探寻天空——但千万不能忘记，低头时所看见的地面，也会有星星。"

这种尽是谜题的言语，与其说是建议，其实更像是预言——不过这样也就足够了。

我触及了真相。

不。

应该说是着地了。

17. 尾声

托特训的福，我们二年级 B 班在合唱比赛中漂亮地获得金奖！

都无所谓了？也是。

顺带一提，其实没有获得金奖。在以公平为原则的指轮学园合唱比赛上，是不存在"名次"这种世俗的概念的——所有参加的学生人均一等奖。

好的好的。

因此，关于那些无关紧要的事，从结论说起的话，那就是咲口前辈和川池湖泷的婚约关系并没有被撕毁。

学生会会长到底是不是萝莉控的疑惑并没扫除，至今都存在——虽然不知这点究竟算好还是坏，但今天的天气可真好。

嗯，从结论说起并不是我一贯的风格，更像是天才少年的风格——或许，他从最开始就掌握到了此次事件的真相。

　　然而他却始终保持沉默，至于是出自沉默寡言的性格，还是考虑借此机会把侦探团与恶魔之间的孽缘彻底切断，具体原因仍旧不明——假如是后者，那么他就是在孽缘切断的前一刻改变了想法。

　　不知他是和我心情一致呢，还是说天才少年哀怜的对象，其实不是湖泷而是我？

　　嗯，正因为我是天才少年的"作品"，从这层意义上来说，他或许才会对我特别爱护——关于此事，我完全不知道该抱有什么样的感情，但先不提这个了，说说他的助攻。

　　"寻星之人，一味地探寻天空——但千万不能忘记。低头时所看见的地面，也会有星星。"

　　乍听之下完全是句谜语……从某种意义来说，这句话或许比不良学生的讥讽更具讥讽意味，而且直接揭示了真相，直接到令人扫兴的程度。

　　寻星之人——当然，指的就是十年里持续探寻星星的我；而所谓"天空"，在此场合之下，指的并非真正的天空。

　　而是天花板。

美术室的天花板在美少年侦探团（无法无天）的活动之下，被描绘成了宛如天文馆般的星空——也就是所谓的"天顶画"。

在我得知暗黑星的真相又失去仰望天空的心情之后，描绘了八十八个星座的美术室天花板，就成为了我再度仰头的一大理由。

因此，哪怕是在低头时，也不应该忘记自己所看到的是无可替代的星星——对于我这种会把这句话照单全收的人来说，这句话大有用处，但其作用不仅限于此。

正如同与天空对应的是地面。

而与天花板对应的则是地板，只要能够接受这点，就能发现本次事件的真相。

既然有天花板内侧，当然也有地板下端。

到目前为止，我，以及我们，都一个劲地思索把巨大的羽子板给搬运进来的方法——到底要怎么做，才能让小学一年级的学生把如此巨大、如此沉重的东西搬运到美术室，我们都使劲朝这个方向思考。

然而，并不是非带进来不可。还有"现场筹措"材料的办法。

虽说制作贴画部分的怪物所需的布料、纸板、棉花、糨糊、报纸等材料不得不自己带进来——但最重要的羽子板部分，则有从现场，也就是美术室直接获取材料的方法。

地板。

只要凿穿教室的地板——就能够制作一块板面。

"怎么可能，凿穿的话，地板就七零八碎啦。"

不良学生以他特有的口吻插了一句话，但不等我回答，他自己也察觉到了。

没错，地板并没有七零八碎。

至于原因，就如同为了全面表现出天花板的美感，而将天花板当作画布使用，美少年侦探团的成员们对教室地板进行了装饰——他们在原本只有"结实"这一个优点的粗糙厚地板上，又铺上了用足以绊住脚、让人穿着鞋踩在上面都颇有些忌惮的长绒毛地毯。

就是地毯——地毯蒙蔽了我们的眼睛。

地毯下面到底是个什么状态，从真正的意义上来说，谁都弄不清楚。说起来很可耻，地毯之下到底是不是木板，我们连想都没想过。搞不好铺设的是大理石——也有可能压根没地板。所谓"一板之隔即地狱"[1]，在这个事件中，则是一块地毯之隔的下面是否存在地板，我们不曾确认过。

具体的位置是在桌子下方。正是我们围绕着侃侃而谈、大吃大喝并开会讨论的那张桌子正下方。在那个位置，完全不存在有人无意间踩到并落入陷阱的风险。

如果能在我们把羽子板放置在桌上，发现其大小刚好能够摆满整张桌子的时候察觉到这点就好了——倒也不至于会这么想。

说得更详细一些，在从地板上切割羽子板的时候，要把整块地毯全部翻起来也绝非易事，湖泷所采取的手段是钻到桌子下方，用切割工具将高级地毯连同地板一并切开。

手段相当粗暴，但在切割地板之后，她将地毯整齐地缝合回去的手法却又十分细致——裁缝的手艺莫非就是新娘课程的成果？当然，其中也有绒毯的长毛将缝合的痕迹给遮掩住的幸运成分。

---

1 日本谚语，形容船员的工作十分危险。

华丽的有钱人被华丽的有钱人给脚下使绊子（正是字面意义的"脚下"），这种箴言于我这种性格恶劣之人而言，是句令人痛彻心扉的话语；而这种利用人类盲点的不可能犯罪的手法，只要想到这种可能性并加以查证就会败露，根本不是什么"完美犯罪"。

尤其是我，只要摘掉眼镜，就能看穿地毯下方——就算不这样做，只要采取碾压作战，在美术室的地板上持续踩踏，总会有那么一天，想不注意到地面上那个空空如也、人体大小的洞穴的存在都难。

然而，为了湖泷的名誉着想，我再补充一句：虽说"现场筹措"的想法很简单，却并非易事。

地板原本的设计为无缝衔接，可说是件幸运之事；但从劳力方面来说，还是用其他方法把木板搬进室内来得更轻松。在成员们都不在的时候偷偷潜入美术室、切割地毯、凿穿地板，当然，还不能直接使用，还得用锉刀把木板打磨得闪亮亮的——打磨出来的木屑则丢在地板下面。

她还有学业，哪怕利用课余时间，这也不是在一两天内能够完成的作业，并且还有可能在某处跟成员们撞个正着，此刻她应该利用了地板下方作为藏身之地吧。

肯定搞得浑身都是木屑吧。

话说回来，这里还存在一个疑问点，即最后关头跟我在走廊里撞上的时候，为何湖泷身穿的并非制服而是和服，难道是她把藏身时弄脏的制服送去清洗了？或许可以这样解释。

结果，我过于胆怯了，拖了很久才把我们相遇的事告诉其他人，可以说是对湖泷起到了有利的作用。嗯，既然最终一切都败露了，那也只能在一些细微的细节上自圆其说了。

在查明真相之后，我是否能够按照意图去帮助湖泷，这点在结束后看来还是很值得怀疑。

虽然"搞不懂她到底用什么方法把可疑物品带进室内"的恐惧感确实消失了，但毁坏地毯、将锯子插入地板、活力充沛地大搞破坏的行为又显露了出来——以恶魔的所作所为而言虽然有些夸张，但若曝光到学园那边，哪怕对方只是个小学部的学生，这等罪状都足以让她即刻退学。

嗯，届时美少年侦探团的成员们，除了团长以外的所有人都会遭遇退学处分，因此无论如何，此事都不能公开……因此，有了这种结果之后，哪怕咲口前辈仍然坚持撕毁婚约的决断，也没什么奇怪的。

然而……

"嗯，算了——就这样吧。在这么明显的证据面前，就算湖泷仍不认罪，但只要明白了她的方法，今后也能制定相应的防御对策。"

某人如此说道。

某人还怨恨地瞪眼看我。

"恶魔还真是交了个好朋友。"

如此补充说明道——好了，这个"某人"又是谁呢？

嗯，因为是用美声所作的发言，我就饶过你了（好像多了不起似的）。

"并且——我好像也有了个特别好的后辈。"

接连不断地抛出令人无法置若罔闻的话语，正是演讲高手的手段。

哎——哎——

我也有了特别好的后辈哦，前辈君。

正因如此，虽说这次的骚动没能得到完全解决，但还是有所收获，我向诸位报告一下美少年侦探团冬季合宿地点的决定。

那也是（本来还包括了我"旅行什么的，别去不就行了？"的意见在内）在提出了各种各样的方案之后……

"不管作为防御对策还是其他什么，首先从紧闭门户开始做起如何？"

美腿同学的这条意见被采纳了。

本以为这句话就是给大门上新锁的意思，但门锁这种东西从走廊那头都能够被看见，并非像室内这般，能够让我们随心所欲地改造（虽说室内其实也不行就是了）。

既然如此，就只能利用现有的物品了，但正因为门锁的钥匙早就下落不明，美术室才会到目前为止都处于开放状态——不对。

正确说来，并没有下落不明。

我们知道钥匙所在地。

应该是美术室的前任所有者——原美术教师永久井声子老师拿着才对。

"所以，我们去见她吧！去见永久井！去那位老师开展艺术活动的无人岛上寻求美！"

美腿同学之所以一反常态变得兴致勃勃，我想大概跟永久井老师沾满了颜料的美貌有所关联，但关于前去与她会面的旅程，就连身为艺术家的天才少年都无言地表示赞成，出于对他给我建议的回报，我也不得不对这项提案举手赞成。

嗯，关于去见永久井老师的期待，我也不能说是完全没有。

美少年侦探团心心念念的合宿，就以这种方式得以实现；当然啦，在目的地那里，我们遭遇了全新的骚动——关于此事，就在下一卷《帕诺拉马岛美谈》[1]中讲述吧。

最后一件事。

在解开谜题的数日之后，在偶然只有两个人留在美术室的时候，我向双头院询问了那件无论如何都想要确认的事情。

"那个，团长。为什么你会拒绝湖泷的入团申请，却

1　此处致敬江户川乱步的《帕诺拉马岛奇谈》。

同意了我的入团？"

这既是疑问，同时也是怨言。

假如双头院同意让她入团，湖泷也不至于会犯下将团长从台阶推落的罪行；甚至，这样一来，夏季合宿也能够圆满成行，最后也就不至于发生我的寒假被毁这种事了。

大晦日[1]也硬要在晚上十点左右正常入睡的怪腔怪调，我今年岂不是搞不成了？

"首先纠正你的误解，眉美同学。我并没有被恶魔从楼上推落——虽然说过好多次了，但谁都不愿相信。我是不是欠缺身为团长的威信啊？"

"哎，但那不是为了袒护湖泷……"

是我们一味地认为那是在袒护对方，但搞不好其实这真的就是事实。

她走路不带脚步声，想要不被人留意地悄悄靠近他人的背后自然相当容易——虽有这种解释，但反过来说，就算她站在他人背后也不会被留意，假如她又忽然出声，

1　指阳历最后一天，即 12 月 31 日。

任谁都会被吓一跳的。

实际上，团长初次向我搭话的时候，我都险些从屋顶上掉下去。

关于这点，假如双头院也不例外的话——然而，成员们已经认定起因是她入团被拒，所以才把团长推下去的。搞成这种局面，无论双头院再说什么，听在他人耳中都像是在袒护湖泷。

"然后，你问拒绝湖泷入团的理由？这种事不是明摆着嘛，眉美同学。我所拥有的只有美学，我们可是美少年侦探团哦！"

"美学之学"爽快地说道。

"这里可不是恋爱的少女该待的地方。"

假如这就是我和湖泷的不同之处的话，原来如此，确实无可挑剔。

并非因为身为"女性"——而是"少女"。

既然如此，若之后我跟成员中的某个变成了恋爱关系，也会被毫不留情地驱逐出团的吧——不会不会。

哪怕地球裂开都不会。

所以这事暂且不论，说到底，面对为了川池家，为了家族的存续，而积极与咲口家保持婚姻关系的湖泷，双头院从她的内心看出了隐藏不住的热情，而拒绝了湖泷的入团申请，这也是一种美学。

只不过，若要我这种完全不像少女的人硬要从鸡蛋里挑出一小根骨头来的话——这种热情，不是应该对着未婚夫去表达吗？

我回想了起来。

在第二次跟我相会之时，湖泷说过这样一句话："羽子板什么的，我不要了，直接丢掉好了。这样转告双头院学。去死。"

嗯，撇开"去死"不论，关键在于前半段——湖泷说"这样转告双头院学"。她说的是"转告双头院学"。

到底要如何理解她指名的是团长而非副团长这件事呢，理解当然因人而异——在面对上意下达类型的组织时，直接指名最高权力者才是最自然的。

只不过，这句台词也能解释成"湖泷希望退回羽子板的对象——希望赠与的对象，其实是团长"这种少数派的扭曲见解吧。本来与大家暂且保持距离的她，假如目的仅是咲口家的话，我是入团还是做其他什么都好，她都可以对美少年侦探团放手才对——无论我如何胡乱猜测，说到底都是第三者的意见；更何况，如果不是她把团长推下去的话，那在她悄悄从身后靠近团长的时候，究竟打算说些什么呢？如此这般的推理，不过是无聊之人的臆想罢了。

这可不是侦探该干的事。

而想让说着"不是恋爱的少女该待的地方"的美少年侦探团成员们，体察这种微妙之处，是完全不可能的；即便是在这里找到了容身之处的我，也没有资格像什么都知道一样，滔滔不绝地讲述尚未成熟的少女的可爱恋情。

作为损友，吵吵嚷嚷地来找我商量还行，但唯独这件事，我绝对不可能故意压低声音说出来。

人

间

飙

学生的本分乃是学习，这点自不必多说，而虽说有些力不从心，本人——瞳岛眉美不擅长的科目大概有十门，体育就是其中之一。

我十分不擅长运动。

与其说是不擅长运动，其实是尽可能地不想运动——私立指轮学园的理事会早就把艺术类课程从必修科目中斩草除根了，但依我看，我还真想极力主张：其实还有能够继续削除的课程。

嗯，削除授课不免有些夸张，但体育写作"身体育成"，因此运动这种东西，只要做到保持身体健康的程度不就行了吗——什么"健全的肉体内栖息着健全的灵魂"，还真敢说。

当然，我不得不承认，自己体内并没有栖息着一个健全的灵魂这一事实，但这并非因为我的运动神经太差——我性格上的恶劣，与我的体育成绩毫无关系。

　　总而言之言而总之，我不擅长运动，并且也完全不想运动，因此我想要说的是，关于想要运动的人们的心情，我完全、一点儿、半分都想象不出来——干吗要跑步？干吗要投掷？干吗要跳高？干吗要打来打去？

　　如果运动到极致，身体被搞坏了不就没有意义了吗？我不服输地如此想——说是不服输，其实是嫉妒吧。

　　小学时期，对于那些将频繁观测星星的我不放在眼里、在教室内横行霸道的体育大佬，我内心涌出的唯有苦涩。

　　不过是肉体的成长速度快了些，就摆出那么蛮横的姿态，我这样想着——这跟面对优等生时，想着"不过是头脑的成长速度快了些，就摆出那么拽的姿态"的程度基本相同。

　　好了，如此性格扭曲的我，却要代表美少年侦探团的成员们，去给运动员加油，真是搞不懂这个世界。

　　完全不明白。完全搞不懂。

　　在此场合之中所提到的运动员，就是与我隶属同一团体的成员，体力担当足利飙太——一年级 A 班的足利飙太。

被人称为"大天使"，或自报家门为"美腿飙太"。

而我这个不喜欢向前看齐或向右看齐、性格扭曲的人，独自称呼其为"美腿同学"。

这个"不穿短裤会死星人"是田径队的王牌——没错，此次我前去应援的，正是美腿同学作为田径队成员所参加的活动。

毕竟不是我的专业领域（毕竟是我不擅长的领域——岂止如此，我这个废物压根什么都不擅长），详细情形即便听对方说过也完全没听进去，只知道应该是郊外的体育场召开短距离竞走的地区大赛，美腿同学将参加决赛。

无论如何，他都是指轮学园田径队唯一打入决赛的选手，听闻这事的时候，我重新意识到了"美腿同学真是当之无愧的王牌"这种理所当然的事实。

嗯，哪怕是不擅长运动，就连运动的意义和价值都不能理解的肤浅的我，也做不出对同伴喜欢的活动鸡蛋里挑骨头这种差劲的行为。因而我将他进入决赛的新闻当作自己的事那样去欢喜。

一直以为他只是因为"一年级的王牌""美男子"之类的理由才被追捧，其实并非如此！

无论是这种感想，还是将同伴的功劳当作自己的功劳那样去开心，仔细想想都是十分差劲的，因此我也遭到了报应——美少年侦探团的团长，双头院学下达了直接命令。

"眉美！这可是飙太的重要场合，你必须去看！连同我们的份儿一起，为飙太使劲应援吧！"

原话如此。

什么？为什么是我？

居然要让从来没为谁应援过的我去？

为何偏偏是我的理由，只要从美少年侦探团的性质去考虑，就清晰得如同注视火焰——侦探团的成员们，在美术室之外完全没有交集。

足以代表学园的美少年们为了足以代表学园的美少年，从观众席上送出声援，可谓牵扯到风纪的大事件——小学部的双头院必定会当场沐浴在注目礼之中的吧。

因此，这又变成了一件"非我不可的工作"——在我入团之前，他们到底是如何搞活动的，想来着实不可思议，看来"非我不可的工作"似乎又变得更多了。

哎呀哎呀，不知将来会怎么样。

带着这种感觉不停地耸肩，我到达了大会举办的田径竞技场——顺带一提，没穿男装。

今天我是穿着女生制服前来的。

久违地把女生制服从衣橱里翻了出来。

因为是周日，所以解除变装——并非如此。

倒不如说，于我而言，其实是通过恢复本来面目来进行变装的一种意识。

虽说不像其他四人，但我维持着美少年模式为美腿同学应援的场景若被指轮学园的其他学生给看到，他们就会顺藤摸瓜地将美少年侦探团存在的事给翻出来，那可就麻烦了。

老实说，我一点儿都不喜欢麻烦。

因此，我以本来面目——换言之，以阴暗又土气的女生姿态出现，本想在能看到运动场的区域占据一席之地，但或许完全只是杞人忧天。

放眼所见之处，观众席间没有半个指轮生的身影——我一瞬间摘下眼镜，把每个角落都搜索了一番，不会有错。

　　其他参赛学校的学生们组成了应援团前来，因此观众席上绝对称不上冷清……但就连田径队的成员都看不到算是怎么回事？嗯，美腿同学所参加的短距离竞走，说到底还是个人竞技，没必要让田径队全体出动来应援，但即便如此……

　　我歪着头，坐到塑料材质的椅子上——既然选择了方便观看比赛的位置，并且正好坐在其他学校的应援团旁边，因此就算反感，也不得不听着他们的呼喊声。

　　好可怕的热情，以及凝聚力。

　　宛如自己与选手共同飞驰那般的干劲十足——这种感觉，于我这种人来说，还是很难理解。

　　成为职业体育中特定队伍粉丝的感觉，或说在国际大赛中团结一致，为日本代表进行应援的感觉，我无论如何都无法与之共情——不管怎么想，还是想说，又不是我本人在比赛。

　　不过换成选手的视角，我的应援，大概也没有任何意义。

　　在电视前观看棒球比赛的时候，为自己所偏袒的队伍的局势一喜一忧就能对选手造成影响，这种事怎么可能有——虽说这跟从现场席位上直接高声呼喊或许多少有些不同，但也有可能造成压力这类的恶劣影响吧？

老实说，运动员们只有在能够集中精力的安静环境里沉着冷静地进行比赛，才能够发挥出最佳表现不是吗？

他应该不希望我丢下他不管吧？坐在其他学校气氛热烈的应援团旁边，我阴暗地如此想——或者搞不好，正因如此，指轮学园的学生才不到竞技场来？

为了提升美腿同学的注意力？

难道初中部之中有我这种朋友很少的人所不知道的传闻吗——然而，完全把握不清这种事态的小学部的团长，在完全搞不清状况的前提下就把朋友很少的我派遣过来了？

很有可能。

或者也有可能是将粉丝俱乐部的基本原则，即"严禁抢功"给执行了个彻底——不过美腿同学那双令全体女生深陷失意的美腿，是否真的存在粉丝俱乐部其实并不确定就是了。

假如真是这样，稀里糊涂就跑来应援的我倒是十分幸运的，但在这推理之中（团规其三：必须是侦探），还存在一个称不上美丽的巨大漏洞。

田径队的成员们都不在这里，未免太奇怪了吧？就算是个人竞技，他们练习应该都在一起的啊。

将整个赛场环顾一遍（又把眼镜摘掉了。在本篇故事中根本不会出现的视力乱用），就连顾问老师都不在啊？这个嘛，我们确实没有削减体育授课，但指轮学园对于部门活动绝对称不上热心，田径队也算不上什么名门豪强就是了……

难道说，这正是从对一年级王牌的嫉妒中诞生的、体育系阴暗的霸凌现象——总感觉因为过于阴暗而传达不出来，但并不代表不存在。

这样一来，"健全的肉体内栖息着健全的魂魄"的理论也越变越可疑……但仔细想想，经常要跟他人比较、时常要和他人竞争，残酷地评判胜负和等级的生活不断持续，想要正直地成长，压根不可能，对吧？

虽说我只是个性情乖僻的家伙，但与我完全无缘也无关联的运动员，搞不好也跟我有相同的烦恼。

在这种阴暗的地方产生共情，我这种个性，无论穿男装还是女装都能发挥到淋漓尽致，撇开这点不谈，假如正因如此，团长才会把我派遣到这里来的话，多少也让我有了送上声援的动力。

假如我不是侦探团成员，给田径队一年级王牌美少年应援这种事，我肯定会是站在"绝对不会做"那边的人——就是这样。

就在带着除了不情不愿以外什么都没有的情绪赶到会场的我，终于提起了那么一丁点儿的兴趣的当口……

"喂，你。难道是指轮学园的家伙？"

被某人给搭话了——声音正来自旁边的应援团。

来自发饰中学的学生们。

除我之外指轮学园没来任何一人为美腿同学应援这种现象的理由，至此已经十分明了——为了让他集中精力、粉丝俱乐部的规定、甚至对他的活跃表现出嫉妒，以上理由统统不是。

单纯是无法保障自身安全罢了。

大会的决赛，对于指轮学园初中部而言，如同天敌般的存在的发饰中学田径队也有成员出场——而我，竟然一不小心就占据了紧挨对方应援团的位置。

刚才四下环顾的时候就该注意到的——这里的教训是，无论有没有摘掉眼镜，如果不想看，就什么都看不到。

保守地说就是粗暴的发饰中学的学生们，以及保守地说就是悠然自得地长大的指轮学园的学生们，两者之间很容易产生对立——通常在番长的眼色与学生会会长的关照之下，表面上并未发生任何抗争（势力范围已明确），但那两大美男子的力量，显然无法延伸到这座体育场。

嗯，虽说是天敌，但基本上是我方单方面地被对方捕食，以自然界意义上的天敌来说，我为了保护自己，窝在自己的地盘不迈出去一步才是最佳方案。因此，包括田径队在内，指轮学园的学生一个都没到会场来。

顾问都没来着实过分了些，但所谓的运动应援团，你看，就是这样的热烈……

什么暴动、冲突，都是常见之事。

因此，以避免应援团之间的冲突的考量而行事，这点很容易理解。怎么说呢，就像大家围绕"无视周围而边玩手机边走路的危险性"做出各种讨论之时，突然有"等一下，开车不是也很危险吗？而且还不环保"的声音冒出来，虽说是粗暴的解决方法，但做为一种紧急措施来说，也能够理解。

尽管如此，我居然漫不经心地直接听从了团长的命令，单刀赴会。那个团长，竟然给我布置了这种不得了的任务……竟然让我……让这种水平的我……让我这样的人……

他们以为我是谁？从相反的意义上来说。

说时迟那时快，我转眼就被周围的人所包围。

完全是哪怕跳起身来也会被干掉的氛围。

指轮学园的学生怎么会在这里？是来找我们吵架的吗？简直岂有此理？居然直接坐在旁边！你们又不是我的对手，别得意忘形了——如此这般指责我的暴力言语从四面八方，轮唱一般地向我投掷而来。

无论来自男生还是女生，都毫不留情。

不管从哪个角度都听不到类似"算了算了，就放过她吧""就是说啊，拿这种家伙做对手也没意思"的劝架话语——呜哇啊，大危机！

虽说是大危机，但要就此抱怨团长，老实说也是不合理的。

由于事先关照过我要变装（换言之，解除男装）才能进入体育场，想必团长对我的遭遇有着十全的把握。

他大概认为我十分了解详情吧——哪怕是对我这种人，他都毫无缘由地倾注了对于成员的那份绝对信赖。

只要作男学生打扮在学园里来去的我换上女装前去造访竞技场，我是指轮学园的学生的事就不会曝光——只要不穿制服！

我干吗要穿制服过来！

因为，让美腿同学看到我的私服扮相，会感觉很羞耻！

虽然真的是出自"会很羞耻"这个理由，嗯，是我的真心话。

将我包围起来的发饰中学的学生们的敌意持续上涨，而对于讨厌运动的我来说，想要从冷漠的他们和她们之间的缝隙钻出去，无疑是一大难题。虽然也说得上是体会了一把超级明星接受采访的心情，但再这样下去，我沦为暴力行为的牺牲品也只是时间问题。

　　该是我所携带的联络专用（或者说，防止逃走专用）的儿童手机登场的时候了——才怪。根本用不着拿出来打电话求助，假如使用直接在口袋中扯掉手机绳就能发出巨大的警报音的儿童专用手机，我当然能够解决燃眉之急；然而一旦引发大骚动，这场大会也就被糟蹋了。

　　明明是代表侦探团前来应援的，却只产生了反效果——对于这个侦探团的代表而言，倒也说不上是不合适的行为，但那不是明知故犯嘛。

　　即便如此，眼下也不是依靠自己的力量就能解决的状况……既然如此，就只能向这些粗鲁之人献媚了吗！

　　虽说我是指轮学园的学生，但可以对发饰中学的人说，自己是来嘲笑面对发饰中学田径队成员而一败涂地的美腿同学的，并就此打入对方的应援团！

　　看啊。

　　让我告诉你们，人渣到底能有多渣。

　　这个世上有很多你们连想都想象不到的废物，就从我这里学会这点吧！

　　无视我如此的决心，他们的粗暴言语仍在持续。说到底指轮学园田径队什么的不是只有一个人进入了决赛吗？毅力不够又没有干劲的家伙们就算来了也只会给人找麻烦，只会妨碍真正想比赛的人——诸如此类的话，滔滔不绝。

是的是的你们说得没错我跟你们的意见完全一致——就在这些话冲到喉咙口的关头，应援团的某人出声了：

"一年级的王牌什么的，只是因为美男子之类的理由才被追捧。"

某人如此说道……什么？

刚才那人都说了什么？

"是谁，刚才对我的同伴口出恶言的到底是谁？"

我摘下眼镜，厉声质问。

明明没穿男装，口吻却变成了男性化。

啰里吧嗦的应援团一瞬间恢复寂静——性格阴暗又软弱，单枪匹马的女生忽然瞪向众人，这种反应也是理所当然的。

虽说是理所当然的，但那种反应只维持了一瞬间也同样理所当然——谁让我在摘下眼镜之后，其实什么都做不了呢。

光是摘下眼镜，压根发挥不出任何特殊能力。瞪谁谁被诅咒、看穿敌人的弱点什么的，这种漫画般的超能力一概不存在。

只是视力好得过分而已。

而唯一能看得清楚的，就是在把我包围起来的这个架势之中，真的不存在逃脱出去的路线这种无可奈何的状况而已——硬要说的话，在这种一言不合就挑衅起来的状况下，别说献媚了，就连投降的余地都不复存在。

不是状况，而是恐惧。

又来了，我又犯毛病了。

愚蠢到无法控制自己的感情。

不，不对。

眼下的情况不一样——哪怕在沉着冷静的时刻，我也应该会一字不差地重复刚才的那番话。

美少年侦探团团规其四。

必须是团队——这条即便放在学校外部也不会变。

对方似乎判定受到了我的挑衅和最大级别的侮辱，已经在为谁第一个来打我而吵了起来。

已经完全无法脱身了。不，不管怎样都行！

多势对无势？[1]那又怎样，做了再说！

"你在干什么，小眉美？"

就在我鼓励自己般地押着韵、鼓足干劲地试图脱掉上衣，结果慌慌张张地没能把双臂同时从袖子中拔出来，反倒搞成自己双手在身后被捆绑的窘态的当口，本该在赛场上开始热身的美腿同学，穿着比赛服出现了。

只见他身穿那套能够将其光辉的美脚展露到极限的比赛服，在看台上露了腿——不对，是露了脸。

如此，一触即发的氛围很干脆地就被终结了。

不，虽说那双光辉的美腿将他们和她们的战斗意欲给夺走也是有的，这倒也罢了，对方大概也有"不能对选手出手"的判断吧。

话说回来，他们果然还是名为"应援团"的团队。

他们似乎抱着"不能给选手找麻烦"的心情，从而选择让自己的阵营退却——严格说来，是我离开了紧挨

1　原文"多勢に無勢"，为押韵句式，为应对下文而保持原句，即"寡不敌众"之意。

着他们的位置。

嗯，虽说还没习惯应援，但归根究底，还是选错了座位的我的失败。

嘿呀！[1]

"别给我装可爱。那里很危险哦！如果我没有及时出现，真的不知道会发生什么事。你来干什么？"

将我紧急带到非关系者不得进入的竞技场内部的走廊后，美腿同学用比较认真的方式开始说教——这样那样的情况还真是够多的，通常美腿同学训斥我的时候就会这样说。

"是你错了，不许要求我道歉。"

"我没错吧。你不知不觉间变成绝对不肯道歉的人了啊，小眉美。"

"我忍不下去了！那群家伙把美腿同学称作'只是因为美男子之类的理由才被追捧'的人啊！"

"我好像记得小眉美也说过同样的话啊……"

1　原文"てへっ"，近年来日本年轻人的流行语，表示犯错后吐舌头装可爱的模样。

"讨厌啦，我绝对没说过这种话。"

翻回到 177 页 [1] 重读就能弄清真相，真的能弄清。

"哈啊……"

话说回来，好恐怖。还以为自己死定了呢。

"谢谢你来救我。比赛前还特意赶过来，我很开心哦。"

虽说讨厌道歉，但至少应该表达谢意，我对美腿同学如此说道。

"无所谓。本来想着观众席上难得出现了一个指轮学园的学生，没想到这个人刚好就是小眉美而已。"

假如这就是你赶过来的理由，那么今后我会变成连道谢都不说的人喽。

就在我这样暗忖时……

"你是来为我应援的吧？谢谢。"

美腿同学反倒向我道了谢。

顿时让我感觉很不好意思。

只要想到自己其实是来应援的，却在比赛快开始前

1　此处指日文文库版第 185 页，即本书第 177 页。

给美腿同学惹了麻烦，别说不好意思，根本就是大反省。

"是团长让我来的就是了。只不过，这种场合好像还是别来的好。对不……唉哟！"

"既然话都说到这个份儿上了，还是干脆点儿道歉比较轻松哦。"

美腿同学好像都惊呆了。

"你赶来为我应援完全没造成麻烦。运动员就是这样的。创作那样的艺术家也许会说，哪怕是谁都无法理解的作品也有一定的价值，但无人应援的选手就没有任何价值。"

"是这样的吗？"

真搞不懂。即便忽略沉默的天才少年本人什么都不说这点，还是得说现实情况该是恰恰相反吧。

"因为就算再怎么应援，搞到最后努力的还是美腿同学这样的运动员。如果不说'要努力哦'的话，你们就不努力了吗？你看，这不是擅长运动的人打从心底里看不起不擅长运动的人吗？"

"你到底把我们给想成了什么……"

"应援带来力量，声援带来能量什么的，在我看来只是嘴上说得漂亮而已。"

"没错，就是嘴上说得漂亮。团长的话，会用'美丽的事物'进行表现。"

"我们这些运动员中，完全不存在对纪录心存执着的家伙。而说到'执着于纪录'，其实就是想要被人看到的那种心情。老实说，直到刚才为止，我都没有想要获胜的情绪。看到发饰中学的应援团了吧。不愧是由非萝莉控的学生会会长所掌控并统率的，哪怕治安乱七八糟，应援的姿态都分毫不乱。其他的学校也各有千秋。嗯，大家的安全才是第一位的，如果观众席上没有自己人，就会很寂寞也无可奈何——但小眉美来了，就等于有了一百个人的力量。要说愿望的话，假如小眉美能打扮成啦啦队女郎就好了。"

最后进行了一场深入的谈话，结果搞得像一场笑话，然而，我似乎从平常爱开玩笑的美腿同学身上，看到了符合人类本质的真实想法。至于啦啦队女郎，听闻这种应援团在海外的地位高得不得了，那应该不是他的玩笑话吧。

只要想到团长或许正是察觉到了美腿同学的内心，才把我给派遣过来的，现在完全不是因为摆脱了危机就浑身脱力的时候。

我还没完成最重要的使命呢。

"美腿同学。"

"嗯，怎么？我必须走了，否则会被当作弃权的。"

"我还是认为，应援会带来力量什么的只是嘴上说得漂亮——待在谁都看不见的安静环境之中沉着冷静地奔跑，才能跑出绝对优秀的成绩来。"

正因如此……

我继续说道：

"把'你说得不对'证明给我看。我会喊出五人份儿，不，全校学生份儿的音量，喊出完全不输给其他学校的音量的——把他们打得落花流水！"

因为我会以自己这双眼睛，亲眼见证。

美腿同学，把他们打了个落花流水。

后　记

　　难以用小说表现出来的东西有许多，"声音"就是其中一样。因为文章是写出来的，这也是理所应当的，某个人物有着怎样的声音，依赖比喻或主观的情况较多，做绝对评价相当困难。哪怕写出"美丽的声音""好听的声音"这样的词，但那具体是什么样的声音，必须更多地依赖于读者的想象。现实生活之中，"声音"在人际关系和人物评价方面，似乎发挥着相当重要的作用。这方面在小说之中完全平等，而在现实之中，"声音"，或者延伸开来谈"说话方式"，被看得相当重要，必须小心处理。本书开头瞳岛眉美说，"关键不在于说了什么，由谁来说才最重要"，假如要给这句话作补充说明，那就是"怎样说话也很重要"。这句话并不是说"说什么都没有意义"。简单总结，应该是"说了什么很重要，由谁来说很重要，要怎样说也很重要"。都是重要事项，简直太好了。

　　这就是美少年系列的第四本书。我在本书中重点描写的，是"美声长广"，即咲口前辈。他能够操控各式各样的声音，是位演说高手。正如开头所说，他或许是个特别难以用小说表现出来的人物。其实不然，正因为是小说，他的"声音"才能够毫无遗漏地表现出来。话说回来，我本打算在这个系列中写出"团体行动"，不过还是有想要关注到每个角色的心情，因此这次尝试了短篇作品《人间飙》。这个短篇的主人公是"美腿飙太"，即足利飙太。眉美经常把"美腿同学"挂在嘴上，对于其真名倒是出现了一瞬的迷惘。《带着贴画旅行的美少年》就是给人这种感觉的作品。

　　到了第四本书，故事的叙述者眉美终于登上了封面，而且是跟团长一起。黄粉老师，非常感谢你把性格恶劣的她描绘成了"美少年"。下一本《帕诺拉马岛美谈》也请多多关照！

西尾维新

川池湖滟